AF396112

AMUSEMENTS

SÉRIEUX ET COMIQUES

PARIS

Cabinet du Bibliophile

M DCCC LXIX

LE CABINET

DU

BIBLIOPHILE

PIÈCES RARES OU INÉDITES

ÉDITIONS ORIGINALES

---

e Cabinet du Bibliophile se compose de pièces rares ou inédites, intéressantes pour l'étude de l'histoire, de la littérature et des mœurs du XVe au XVIIIe siècle. Il comprend aussi les éditions originales de ceux de nos grands écrivains dont le premier texte présente des différences notables avec le texte définitif. — Le double intérêt de rareté et de curiosité que présentent ces publications leur assigne une place dans le cabinet du bibliophile, dont elles forment la bibliothèque intime.

Le nombre de ces publications est illimité. Elles paraissent les unes après les autres, sans ordre, et à mesure qu'il s'en rencontre qui semblent dignes d'être reproduites. — Chacune d'elles, indépendante de toutes les autres, peut être achetée séparément. Le seul lien qui existe entre elles est dans la pensée de former pour les bibliophiles une collection qui réponde à leurs goûts et à leurs besoins.

CONDITIONS DE LA PUBLICATION

(*Impressions.*) Les volumes sont imprimés sur très-beau papier vergé de Rives, et recouverts en parchemin factice replié sur doubles gardes. Ils sont tirés le plus souvent à 300 exemplaires. Chaque publication porte, du reste, le chiffre exact et le détail du tirage, et tous les exemplaires sont numérotés.

(*Exemplaires de choix.*) Il est tiré également quelques exemplaires sur papier de Chine et sur papier Whatman. Ces exemplaires étant toujours les premiers vendus, les personnes qui voudront se les assurer devront nous les demander à l'avance.

(*Exemplaires sur vélin et sur parchemin.*) Les amateurs qui désireraient des exemplaires sur vélin ou sur parchemin sont priés de nous en prévenir. Ils trouvent toujours, sur un catalogue joint au dernier volume paru, l'indication des ouvrages en préparation, et peuvent ainsi nous envoyer leurs demandes avant que l'impression soit commencée.

(*Souscripteurs.*) Il est donné avis de la publication

de chaque volume à toute personne qui en mani-
feste le désir. Les amateurs qui souscrivent à toute
la collection reçoivent les volumes dès qu'ils paraissent.

(*Prix.*) Le prix des volumes varie de 5 à 10 fr.
pour les papiers vergés, et de 10 à 20 fr. pour les
papiers Whatman et les papiers de Chine.

———

EN VENTE.

Le Premier Texte de La Bruyère. 1 volume de
240 pages. . . . . 10 fr.

Le Premier Texte de La Rochefoucauld, publié
par M. F. de Marescot. 1 volume. Tirage à 300 exemplaires 7 50

La Chronique de Gargantua, premier texte du
roman de Rabelais, avec une notice de M. Paul Lacroix. 1 volume de 104 pages. Tirage à 250 exemplaires . . . . 5 »

La Puce de Madame Desroches. 1 volume de 140
pages. Tirage à 300 exemplaires 7 50

Amusements sérieux et comiques (de Dufresny).
(Idée première des *Lettres Persanes.*) 1 volume.
6 »

Lettres Turques (de De Saint-Foix). (Imitation
des *Lettres Persanes.*) 1 volume. 6 »

POUR PARAITRE PROCHAINEMENT :

Les Satires de Dulorens, réimpression de l'édition *complète* de 1646, in-4, contenant les *vingt-six
satires.* Notice par M. le Dr Villemin. *Portrait au-
thentique* de Dulorens, fait en 1644, et indiquant
l'année de sa naissance. 1 volume, tiré à 300 exemplaires. 12 »

EN PRÉPARATION :

Poésies de J. Tahureau, du Mans, publiées par M. Prosper Blanchemain. 2 volumes tirés à 300 exemplaires.

Les Arrêts d'amour, de Martial de Paris, dit d'Auvergne, avec un choix de commentaires de Benoist de Cour, publiés par P.-L. Miot-Frochot. 1 volume.

Poésies de Courval-Sonnet, publiées par M. E. Courbet.

Les Satyres de Vauquelin de la Fresnaye. 2 volumes tirés à 300 exemplaires.

La Chronique de Pantagruel, reproduction de l'opuscule petit in-8, goth., sans lieu ni date, et portant pour titre : *les Chroniques admirables*, etc. Notice par M. Paul Lacroix. Tirage à 250 exemplaires. — Cet opuscule n'a pas encore été réimprimé.

La Farce de Pathelin, avec notice par M. Paul Lacroix. 1 volume, tiré à 300 exemplaires.

A PARIS, CHEZ D. JOUAUST,

RUE SAINT-HONORÉ, 338.

AMUSEMENTS

SÉRIEUX ET COMIQUES

———

CABINET DU BIBLIOPHILE

N° V

TIRAGE.

3oo exemplaires sur papier vergé.
15   »   sur papier Whatman.
15   »   sur papier de Chine.
2   »   sur parchemin.

332 exemplaires numérotés.

N° *300*

ENTRETIENS

OU

AMUSEMENTS

SÉRIEUX ET COMIQUES

PAR

RIVIÈRE-DUFRESNY

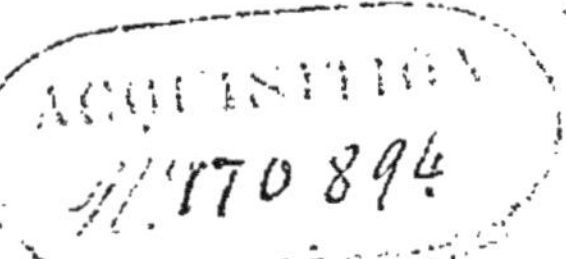

PUBLIÉS PAR D. JOUAUST

A PARIS

CHEZ D. JOUAUST, IMPRIMEUR

RUE SAINT-HONORÉ, 338

—

M DCCC LXIX

AVERTISSEMENT

Au moment où nous publions, dans notre collection de Classiques français, une édition des Lettres Persanes, il nous a paru opportun de donner, dans notre Cabinet du Bibliophile, destiné à faire connaître les curiosités de la langue française, l'ouvrage, trop peu lu et trop peu connu, où Montesquieu a pris l'idée de son immortelle satire. Les Amusements sérieux et comiques, de Dufresny, ont paru pour la première fois en 1699; ils ont été réimprimés toujours avec un grand succès, et la dernière édition publiée du vivant de l'auteur, celle de 1723, a été précédée de deux ans par la première des Lettres Persanes. Il n'est donc pas douteux que Montesquieu ait connu, et beaucoup connu, un ouvrage qui eut un grand retentissement, et l'on pourra trouver sin-

a

gulier qu'il n'ait pas même songé, dans la courte préface dont il a fait précéder les Lettres Persanes, à mentionner l'emprunt qu'il faisait à son contemporain.

« L'invention des Lettres Persanes, dit M. Villemain, était si facile, que l'auteur l'avait dérobée sans scrupule, et même sur un écrivain trop ingénieux pour être oublié. » C'est là faire, ce nous semble, assez bon marché du bien du voisin. Sans doute les emprunts forcés sont admis en littérature ; la pensée est une propriété d'une nature toute particulière : par le fait seul de son émission, elle devient, dans une certaine limite, le bien de tout le monde, et la propriété littéraire absolue est aussi illogique en principe qu'elle est fâcheuse en application. Il est très-heureux que Montesquieu n'ait pas hésité à s'approprier une donnée dont il a tiré un parti si brillant. Mais, si l'imitation a de beaucoup surpassé le modèle, le modèle ne doit pas être laissé dans l'oubli, et la justice veut que l'on rende à Dufresny le mérite d'une idée à laquelle nous devons l'un des plus curieux chefs-d'œuvre de notre littérature.

Dufresny, dans ses Amusements, a supposé un voyage qu'il fait dans Paris en compagnie d'un Siamois ; il parcourt avec lui les différents pays qui composent le monde parisien : la Cour, le Palais, l'Opéra, les Promenades, l'Université, etc., etc. Le Siamois marche d'étonnement en étonnement ; ce

sont à chaque instant, de sa part, des questions
auxquelles son compagnon de route répond par une
critique, toujours fine et toujours juste, des ridicules
de l'époque. Sans doute, il y a dans cette compa-
raison de nos mœurs et de nos idées avec celles d'un
peuple tout différent de nous un contraste piquant qui
prête à la satire, et sur ce terrain il semble que les
traits doivent naître à chaque pas. Mais l'occasion
ne suffit pas à faire l'écrivain spirituel; et si Dufresny a si bien réussi dans un genre où, surpassé
par Montesquieu, il n'a été égalé par nul autre, c'est
qu'il possédait cette originalité d'esprit et cette finesse
d'observation qui font le vrai satirique.

Dufresny mérite, d'ailleurs, d'être placé à un bon
rang parmi nos auteurs comiques. Il a fait jouer plus
de vingt pièces, dont quelques-unes, entre autres
le Double Veuvage et l'Esprit de contradiction, ont
encore été représentées il n'y a pas longtemps. Il
s'était lié d'amitié avec Regnard, et tous deux, à un
moment, durent travailler ensemble pour le théâtre;
mais cette liaison de deux hommes d'esprit ne pro-
duisit rien, et Dufresny n'en retira que des mé-
comptes. Il était l'auteur de la pièce Attendez-moi
sous l'orme. Regnard se l'appropria, y fit quelques
changements, et la donna sous son seul nom, pro-
fitant de sa brouille avec son collaborateur pour ne
pas le nommer.

Il semble, du reste, que tout ait conspiré à laisser

dans l'oubli ce charmant écrivain. Pillé par Regnard, qui se garda bien de le dire ; imité par Montesquieu, qui n'en souffla mot, c'est à peine s'il a été mentionné par Brunet dans son Manuel. Ajoutez à cela qu'une édition de ses Amusements parut à Amsterdam, en 1713, sous le nom de Fontenelle. Il n'est pas jusqu'à Dufresny lui-même qui n'ait trempé dans la conspiration : il avait écrit une seconde partie à son piquant ouvrage, et quelque temps avant sa mort il la brûla, à la sollicitation de ses enfants.

C'est là, sans doute, une perte des plus regrettables. La mine exploitée par l'auteur, celle de nos travers et de nos ridicules, était inépuisable, et son esprit fécond avait dû en tirer de nouvelles richesses, dont nous sommes privés aujourd'hui. Mais, tels qu'ils nous sont parvenus, les Amusements sérieux et comiques sont pour Dufresny une recommandation suffisante auprès de la postérité. C'est un ouvrage bien conçu, ingénieusement conduit, et franchement amusant. Or, de ces œuvres-là le nombre n'est pas assez grand pour qu'on en laisse une seule exposée à tomber dans l'oubli. Aussi avons-nous cru devoir remettre au jour ce petit chef-d'œuvre d'esprit satirique. Ceux qui le connaissaient déjà nous en sauront gré, et ceux qui le liront pour la première fois ne manqueront pas à nous en remercier.

D. Jouaust.

ENTRETIENS

OU
AMUSEMENS
SERIEUX
ET
COMIQUES.

NOUVELLE EDITION.

A AMSTERDAM,
Chez ESTIENNE ROGER,
March. Libraire, ruë du Loup.

M. DCCV.

AMUSEMENS
SERIEUX ET COMIQUES.

PREMIER AMUSEMENT.

PREFACE.

E Titre que j'ai choisi me met en droit de faire une Preface aussi longue qu'il me plaira, car une Preface est un veritable amusement.

J'en ai pourtant vû de tres-necessaires pour l'intelligence du Livre; mais la plûpart, au lieu de mettre l'Ouvrage au jour, n'y mettent que la vanité de l'Ouvrier.

Un bon General d'Armée est moins embarrassé à la tête de ses Troupes qu'un mauvais

Auteur à la tête de ses Ecrits. Celui-ci ne sait quelle contenance tenir : s'il fait le fier, on se plait à rabattre sa fierté ; s'il affecte de l'humilité, on le méprise ; s'il dit que son sujet est merveilleux, on n'en croit rien ; s'il dit que c'est peu de chose, on le croit sur sa parole. Ne parlera-t-il point du tout de son Ouvrage ? La dure necessité pour un Auteur !

Je ne sai si mon Livre reussira ; mais, si on s'amuse à le critiquer, on se sera amusé à le lire, et mon dessein aura reussi.

J'ai donné aux idées qui me sont venuës le nom d'Amusemens : ils seront serieux et comiques, selon l'humeur où je me suis trouvé en les écrivant ; et, selon l'humeur où vous serez en les lisant, ils pourront vous divertir, vous instruire ou vous ennuier.

L'autre jour, un de ces esprits forts qui croient que c'est une foiblesse de rire trouva un de mes Exemplaires sous sa main ; à l'ouverture du Livre, il fronça le sourcil. « Que je suis indigné de ce Titre ! s'écria-t-il d'un ton chagrin ; n'est-ce pas profaner le serieux que de le mêler avec du comique ? Quelle bigarure !

— Cette bigarure, lui repondis-je, me paroit assez naturelle. Si l'on examine bien les actions et les discours des hommes, on trouvera que le serieux et le comique y sont fort proches voi-

sins. On voit sortir de la bouche d'un bon Comique les Maximes les plus serieuses; et tel
qui affecte d'être toujours serieux est plus comique qu'il ne pense. »

Mon homme poussa plus loin sa remontrance.
« N'avez-vous point de honte, continua-t-il, de
faire imprimer des amusemens ? Ne savez-vous
pas que l'homme est fait pour s'occuper, et non
pas pour s'amuser ? » A cela voici ma reponse.

Tout est amusement dans la vie, la vertu
seule merite d'être appellée occupation; s'il n'y
a que ceux qui la pratiquent qui se puissent
dire veritablement occupez, qu'il y a de gens
oisifs dans le monde !

Les uns s'amusent par l'ambition, les autres
par l'interêt, les autres par l'amour; les hommes du commun par les plaisirs, les grands
hommes par la gloire, et moi je m'amuse à considerer que tout cela n'est qu'amusement.

Encore une fois, tout est amusement dans la
vie; la vie même n'est qu'un amusement, en
attendant la mort.

Voilà du serieux, j'en ai promis; mais passons
vite au comique.

Je voudrois écrire, et je voudrois être original.
Voilà une idée vraiment comique, me dira ce
savant Traducteur, et je trouve fort plaisant que
vous vous avisiez de vouloir être original en ce

tems-ci. Il falloit vous y prendre dés le tems des Grecs ; les Latins mêmes n'ont été que des copies.

Ce discours me décourage. Est-il donc vrai qu'on ne puisse plus rien inventer de nouveau ? Plusieurs Auteurs me le disent ; si Monsieur de la Roche-Foucaut et Monsieur Pascal me l'eussent dit, je le croirois.

Celui qui peut imaginer vivement et qui pense juste est original dans les choses mêmes qu'un autre a pensées avant lui : par le tour naturel qu'il y donne et par l'aplication nouvelle qu'il en fait, on juge qu'il les eut pensées avant les autres, si les autres ne fussent venus qu'aprés lui.

Les pensées de Monsieur de la Roche-Foucaut et de Monsieur Pascal sont autant de brillans d'esprit mis en œuvre par le bon goût et par la raison ; à force de les retailler pour les déguiser, les petits ouvriers les ternissent ; mais, tout ternis qu'ils sont, on ne laisse pas de les reconnoitre, et ils effacent encore tous les faux brillans qui les environnent.

Ceux qui dérobent chez les Modernes s'étudient à cacher leurs larcins ; ceux qui dérobent chez les Anciens en font gloire. Mais pourquoi ces derniers méprisent-ils tant les autres ? Il faut encore plus d'esprit pour bien déguiser une pensée de Pascal que pour bien traduire un passage d'Horace.

Aprés cela, je conviens que, quelque genie qu'on ait, il est impossible de bien écrire pour son siecle qu'aprés s'être formé l'esprit sur les Anciens et le goût sur les Modernes.

Cela ne suffit pas, s'écrie mon Savant, il faut être tout plein de l'antiquité, il faut travailler à force d'érudition, il faut puiser dans les sources. — Je vous entens, il faut piller; vous ne l'osez dire : hé-bien, je le dis pour vous, il faut piller; mais je ne pillerai ni dans les Livres anciens, ni dans les Livres modernes; je ne veux piller que dans le Livre du Monde.

Le Monde est un Livre ancien et nouveau; de tous tems l'homme et ses passions en ont fait le sujet; ces passions y sont toûjours les mêmes, mais elles y sont écrites differemment, selon la difference des siecles, et dans un même siecle chacun les lit differemment, selon le caractere de son esprit et l'étenduë de son genie.

Ceux qui ont assez de talent pour bien lire dans le Livre du Monde peuvent être utiles au Public, en lui communiquant le fruit de leur lecture; mais ceux qui ne savent le monde que par les Livres ne le savent point assez pour en faire des leçons aux autres.

Quelle difference entre ce que les Livres disent des hommes et ce que les hommes font!

Si le monde est un Livre qu'il faut lire en original, on peut dire aussi que c'est un païs, qu'on ne peut ni connoître ni faire connoître aux autres sans y avoir voiagé soi-même. J'ai commencé ce voiage bien jeune; j'ai toûjours aimé à faire des reflexions sur tout ce que j'y ai vû. Je me suis amusé à faire ces reflexions, je m'amuse à les écrire; je souhaite que vous vous amusiez à les lire.

AMUSEMENT SECOND.

LE VOYAGE DU MONDE.

L n'y a guere d'amusement plus agreable ni plus utile que le voiage. Si quelqu'un veut voiager avec moi par le monde, c'est à dire parcourir à peu prés tous les états de la vie, qu'il me suive, je vais en faire une relation en stile de voiage; cette figure m'est venue naturellement, je la suivrai.

Par où commencer ce grand voiage? Que de païs se presentent à mon imagination! Celui de tous qui peut donner les plus fines leçons de la science du monde, c'est la Cour : arrêtons-nous-y un moment.

LA COUR.

La Cour est un païs tres-amusant. On y res-
pire le bon air ; les avenuës en sont riantes, d'un
abord agreable, et aboutissent toutes à un seul
point.

La Fortune de Cour paroit nous attendre au
bout d'un grand chemin ouvert à tout le monde,
il semble qu'on n'ait qu'à y mettre le pied pour
parvenir; cependant on n'arrive à ses fins que
par des chemins ouverts et de traverse, disposez
de maniere que la voie la plus droite n'est pas
toûjours la plus courte.

Je ne sai si le terrain de la Cour est bien solide; j'ai vû des nouveaux debarquez y marcher
avec confiance, et de vieux routiers n'y marcher
qu'en tremblant.

C'est un terrain haut et bas, où tout le monde
cherche l'élevation; mais pour y arriver il n'y a
qu'un seul sentier, et ce sentier est si étroit
qu'un ambitieux ne sauroit y faire son chemin
sans renverser l'autre.

Le malheur est que ceux qui sont sur leurs
pieds ne relevent guere ceux qui sont tombez,
car le Genie des Courtisans, c'est de ne rien
donner à ceux qui ont besoin de tout, et de
donner tout à ceux qui n'ont besoin de rien.

Malgré les difficultez qui se rencontrent en

ce païs, on y va loin quand on est conduit par le vrai merite ; la difficulté, c'est de le faire distinguer. Il y en a tant de faux ! Celui même qui s'y connoît le mieux s'y trouve quelquefois bien embarrassé ; tel, pour échapper à son discernement, se couvre d'une recommandation étrangere et ne paroît qu'à l'abri d'un patron ; en sorte qu'un homme est toujours caché derriere un autre homme.

On annonce un nouveau venu, on le prône, on dispose tout pour lui et sans lui ; il n'agit ni ne parle ; c'est un homme sage, dit-on. En effet, il y a de la sagesse dans sa modestie et dans son silence, car, pour peu qu'il eût agi ou parlé, on eût connu qu'il n'est qu'un sot.

C'est ainsi que l'habileté des uns fait la fortune des autres ; et, si quelqu'un brille par son propre merite, aussi-tôt, pour en offusquer l'éclat, la medisance éleve ses plus épais nuages, et l'envie ses plus noires vapeurs ; en sorte que la vertu ne paroit plus vertu, le vice ne paroit plus vice, tout est confondu. Dans cette affreuse obscurité le Soleil paroit, penetre tout, voit et fait voir les objets tels qu'ils sont : c'est alors que l'on rend justice, c'est alors qu'on peut dire que l'honnête homme est heureux quand on se ressouvient de lui, et le scelerat quand on l'oublie.

En voiageant dans le païs de la Cour, j'ai remarqué que l'oisiveté regne parmi ses habitans; je ne parle que du peuple, car les Grands et ceux qui travaillent à le devenir ont des affaires de reste : le manege de Courtisan est un travail plus penible qu'il ne paroît.

A l'égard des subalternes, ramper et demander, c'est tout leur manege, et leurs longs services font tout leur merite.

J'excepte quelques Officiers, qui, sans bassesse et sans manege, bornent leur ambition à bien servir le Maître, et vivent tranquillement dans cette mediocrité d'état où l'on trouve ordinairement le vrai merite.

Dans cet etat mediocre que je mets entre le peuple et les grands Seigneurs, on peut être poli sans fourberie et franc sans grossiereté; on peut n'avoir ni la bassesse du peuple ni la hauteur des Grands; en un mot, on peut être ce qu'on appelle un galant homme.

En faisant le portrait d'un galant homme de condition mediocre, je ferois insensiblement celui d'un grand Seigneur aimable; tant il est vrai que, malgré la difference du rang, un honnête homme ressemble toujours à un honnête homme.

Les Courtisans de la premiere classe sacrifient tous également leur vie et leur repos; les uns, par principe d'honneur et de vertu, se sacrifient parce qu'ils sont utiles à la Cour; les autres, parce que la Cour leur est utile.

Ces derniers sont les plus acharnez à la fortune. J'en ai connu un qui à soixante et quinze ans commençoit à prendre des mesures pour se retirer. « J'ai beaucoup travaillé, disoit-il, et je n'ai travaillé que pour avoir le moien de vivre en repos ; j'espere bien me reposer dans quelques années. » Je dirois volontiers que ceux de ce caractere travaillent jusqu'à la mort, pour se reposer le reste de leur vie.

Quoi que le Courtisan et le Petit-Maître soient d'un même païs, ils ont neanmoins des mœurs toutes differentes.

Le Courtisan s'étudie à cacher son dereglement sous des dehors reglez.

Le Petit-Maître fait vanité de paroître encore plus dereglé qu'il n'est.

L'un pense beaucoup avant que de parler, l'autre parle beaucoup et ne pense gueres.

L'un court aprés la fortune, l'autre croit que la fortune doit courir aprés lui.

Les Courtisans caressent ceux qu'ils méprisent; leurs embrassades servent à cacher leur mépris : quelle dissimulation ! Les Petits-Maîtres sont plus sinceres; ils ne cachent ni leur amitié, ni leur mépris; la maniére dont ils vous abordent tient de l'un et de l'autre, et leurs embrassades sont ordinairement moitié caresses et moitié coups de poing.

Le langage courtisan est uniforme, toujours poli, flateur, insinuant; le langage Petit-Maître est haut et bas, mêlé de sublime et de trivial, de politesse et de grossiereté.

En sortant de la Cour, entrons dans Paris : nous trouverons dequoi nous y amuser longtems; la vie d'un homme ne suffit pas pour en achever le voiage.

AMUSEMENT TROISIEME.

PARIS.

ARIS est un monde entier; on y dé-
couvre chaque jour plus de païs nouveaux et de singularitez surprenantes
que dans tout le reste de la terre. On
distingue dans les Parisiens seuls tant de nations, de mœurs et de coutumes differentes, que
les habitans mêmes en ignorent la moitié. Ima-
ginez-vous donc combien un Siamois y trouve-
roit de nouveautez surprenantes; quel amusement ne seroit-ce point pour lui d'examiner
avec des yeux de voiageur toutes les particula-
ritez de cette grande Ville? Il me prend envie
de faire voiager ce Siamois avec moi : ses idées
bizares et figurées me fourniront sans doute de
la varieté, et peut-être de l'agrément.

Je vais donc prendre le genie d'un voiageur Siamois qui n'auroit jamais rien vû de semblable à ce qui se passe dans Paris; nous verrons un peu de quelle maniere il sera frapé de certaines choses que les prejugez de l'habitude nous font paroitre raisonnables et naturelles.

Pour diversifier le stile de ma relation, tantôt je ferai parler mon voiageur, tantôt je parlerai moi-même; j'entrerai dans les idées abstraites d'un Siamois, je le ferai entrer dans les nôtres; enfin, suposant que nous nous entendons tous deux à demi mot, je donnerai l'essort à mon imagination et à la sienne. Ceux qui ne voudront pas prendre la peine de nous suivre peuvent s'é-pargner celle de lire le reste de ce Livre; mais ceux qui cherchent à s'amuser doivent un peu se prêter au caprice de l'Auteur.

Je supose donc que mon Siamois tombe des nuës, et qu'il se trouve dans le milieu de cette Cité vaste et tumultueuse, où le repos et le silence ont peine à regner pendant la nuit même. D'abord le cahos bruiant de la rüe Saint Honoré l'étourdit et l'épouvante; la tête lui tourne.

Il voit une infinité de machines differentes que des hommes font mouvoir: les uns sont dessus, les autres dedans, les autres derriere; ceux-ci por-tent, ceux-là sont portez; l'un tire, l'autre pousse; l'un frape, l'autre crie; celui-ci s'enfuit, l'autre court aprés. Je demande à mon Siamois ce qu'il pense de ce spectacle. — J'admire et je tremble, me repond-il; j'admire que dans un espace si étroit tant de machines et tant d'animaux, dont les mouvemens sont opposez ou differens, soient ainsi agitez sans se confondre; se démêler d'un tel embarras, c'est un chef-d'œuvre de l'adresse des François. Mais leur temerité me fait trembler quand je vois qu'à travers tant de rouës, de bêtes brutes et d'étourdis, ils courent sur des pierres glissantes et inégales, où le moindre faux pas les met en peril de mort.

En voiant vôtre Paris, continuë ce Voiageur abstrait, je m'imagine voir un grand animal; les ruës sont autant de veines où le peuple circule : quelle vivacité que celle de la circulation de Paris! — Vous voiez, lui dis-je, cette circulation qui se fait dans le cœur de Paris : il s'en fait une encore plus petillante dans le sang des Parisiens; ils sont toujours agitez et toujours actifs, leurs actions se succedent avec tant de rapidité qu'ils commencent mille choses avant que d'en finir une, et en finissent mille autres avant que de les avoir commencées.

Ils sont également incapables et d'attention et de patience; rien n'est plus prompt que l'effet de l'oüie et de la vûë, et cependant ils ne se donnent le tems ni d'entendre ni de voir.

Les Parisiens n'ont de veritable attention que

sur le plaisir et sur la commodité, ils y rafinent tous les jours. Quel rafinement de commodité n'a-t-on point inventé depuis peu ? Les logemens, les meubles, les voitures, la societé, tout y est commode, jusques à l'amour.

Mais commençons à entrer dans le détail de Paris, vous y verrez plus distinctement que dans le general la singularité de cette Ville, de ses Habitans et de leurs mœurs.

AMUSEMENT QUATRIEME.

LE PALAIS.

Dans le milieu de Paris s'élève un superbe édifice ouvert à tout le monde, et cependant presque fermé par l'affluence des gens qui s'empressent d'y entrer et d'en sortir.

On monte par plusieurs degrez dans une grande Sale, où mon Siamois est étonné de voir dans un même lieu les hommes amusez d'un côté par des *Babioles*, et de l'autre occupez par la crainte des Jugemens d'où dépendent toutes les destinées.

Dans cette Boutique on vend un ruban, dans l'autre Boutique on vend une Terre par decret ; vous entendez à droite la voix argentine d'une jolie Marchande qui vous invite d'aller à elle, et à gauche la voix rauque d'un Huissier qui fait ses criées : quel contraste !

Pendant que le Voiageur fait ses reflexions sur cette bizarerie, il est épouvanté par la lugubre aparition d'une multitude de têtes noires et cornuës, qui forment, en se reunissant, un monstre epouvantable qu'on apelle Chicane, et ce monstre mugit un langage si pernicieux qu'un seul mot suffit pour desoler des familles entieres.

A certaines heures reglées il paroît un homme grave et intrepide, dont l'aspect seul fait trembler et dompte ce monstre. Il n'y a point de jour qu'il n'arrache de sa gueule beante quelque succession à demi devorée.

La chicane est plus à craindre que l'injustice même. L'injustice ouverte, en nous ruinant, nous laisse au moins la consolation d'avoir droit de nous plaindre ; mais la chicane, par ses formalitez, nous donne le tort en nous ôtant nôtre bien.

La Justice est, pour ainsi dire, une belle Vierge déguisée et produite par le Plaideur, poursuivie par le Procureur, cajolée par l'Avocat, et défenduë par le Juge.

Nous voilà déja dans les digressions, me dira le Critique. Le Critique a tort, car les digressions sont précisément de mon sujet, puis qu'elles sont des amusemens. Cela est si vrai que je vais continuer.

Par forme de digression, je vous avertis que,

dans tous les endroits de mon voiage où le Siamois m'embarassera, je le quitterai comme je viens de faire, pour m'amuser dans mes reflexions, sauf à le reprendre quand je m'ennuierai de voiager seul. Je pretens quitter aussi l'idée de voiage toutes les fois qu'il m'en prendra fantaisie : car, bien loin de m'assujettir à suivre toujours une même figure, je voudrois pouvoir à chaque periode changer de figure, de sujet et de stile, pour ennuier moins les Lecteurs du tems, car je sais que la varieté est le goût dominant.

Quoi qu'il n'y ait rien de durable dans le monde, on remarque neanmoins au Palais une chose éternelle, c'est le procez ; certains ministres de la chicane s'apliquent à le perpetuer et se font entre eux une religion d'entretenir l'ardeur des Plaideurs, comme les Vestales s'en faisoient une entre elles d'entretenir le feu sacré.

Une chose étonnante, c'est que, malgré le bruit épouventable qui se fait autour des Tribunaux, on ne laisse pas d'y dormir. Plût au Ciel, lors qu'on y decide un procez, que les anciens Juges fussent bien éveillez et les jeunes bien endormis !

Ils sont cependant tous assez équitables ; l'embarras, c'est de pouvoir les bien instruire d'une affaire. Comment s'y prendre ? La Partie leur est suspecte, le Procureur les embrouille, l'Avocat les étourdit, le Solliciteur les importune, et la Solliciteuse les distrait. A toutes risques, j'aimerois mieux la Solliciteuse.

Un de mes amis se vantoit que la plus charmante femme du monde ne pourroit jamais lui faire oublier qu'il étoit juge. « Je vous croi, lui repondis-je ; mais tout Magistrat est homme avant que d'être Juge. Le premier mouvement est pour la Solliciteuse, le second est pour la Justice. »

Une Comtesse assez belle pour prevenir en faveur d'un mauvais procez le juge le plus austére fut solliciter pour un Colonel contre un Marchand.

Ce Marchand étoit alors dans le Cabinet de son Juge, qui trouvoit son affaire si claire et si juste qu'il ne put s'empêcher de lui promettre gain de cause.

A l'instant même la charmante Comtesse parut dans l'antichambre ; le Juge courut au devant d'elle : son abord, son air, ses yeux, le son de sa voix, tant de charmes enfin le sollicitèrent, qu'en ce premier moment il fut plus homme que Juge, et il promit à la belle Comtesse que le Colonel gagneroit sa cause. Voilà le Juge engagé des deux côtez. En rentrant dans son Cabinet il trouva le Marchand desolé : « Je l'ai vûë, s'écria le pauvre homme hors de lui-même, je l'ai vûë,

celle qui sollicite contre moi; qu'elle est belle!
Ah! Monsieur, mon procez est perdu!—Mettez-
vous en ma place, repond le Juge encore tout interdit : ai-je pû lui refuser ce qu'elle me demand-
doit? » En disant cela, il tira d'une bourse cent
pistoles : c'étoit à quoi pouvoient monter toutes
les pretentions du Marchand; il lui donna les
cent pistoles. La Comtesse seut la chose, et,
comme elle étoit vertueuse jusqu'au scrupule,
elle craignit d'avoir trop d'obligation à un Juge
si genereux, et lui renvoia sur l'heure les cent
pistoles. Le Colonel, aussi galant que la Comtesse étoit scrupuleuse, lui rendit les cent pistoles, et ainsi chacun fit ce qu'il devoit faire. Le
Juge craignit d'être injuste, la Comtesse craignit
d'être reconnoissante, le Colonel paia, et le Marchand fut paié.

Voulez-vous savoir mon veritable sentiment
sur le procedé de ce Juge? Son premier mouvement a été pour la Solliciteuse, c'est ce que je
n'ose lui pardonner; son second mouvement a
été pour la Justice, c'est ce que j'admire.

Pendant que je me suis amusé, mon Voiageur
s'est perdu dans le Palais; allons le chercher :
je l'aperçois dans la grande Sale, je l'apelle, il
veut venir à moi; mais l'haleine lui manque, la
foule l'étouffe, le courant l'emporte, il nage des
coudes pour se sauver. Il m'aborde enfin, et

pour toute relation de ce qu'il vient de voir, il s'écrie : O le maudit païs ! Sortons-en vite, pour n'y jamais rentrer.

— Allons, lui dis-je, allons nous reposer ; et, pour nous faire perdre l'idée du Palais, nous irons ce soir au charmant païs de l'Opera.

AMUSEMENT CINQUIEME.

L'OPERA.

Quatre heures sonnent, allons à l'O-
pera, il nous faut au moins une heure
pour traverser la foule qui en assiege
la porte.

—Vous parlez mal, me dit mon Siamois, on ne
doit point dire la porte de l'Opera, et, selon l'i-
dée magnifique que je me suis faite de l'Opera,
on n'y doit entrer que par un Portique superbe.

—En voici l'entrée, lui repondis-je en lui mon-
trant du doigt un guichet fort sombre. — Et où
donc? s'écria-t-il. Je ne voi là qu'un petit trou
dans un mur, par où l'on distribuë quelque chose.
Avançons. Que veut dire ceci? Quelle folie, donner un louis d'or pour un morceau de carton !
Mais je ne m'étonne plus qu'on l'achete si cher :
j'aperçois sur ce carton des caracteres qui ont
aparemment quelque vertu magique.

— Vous ne vous trompez pas tout à fait, lui dis-je, c'est un passe-port pour entrer dans le païs des enchantemens : entrons-y donc vîte, et plaçons-nous sur le Theatre. — Sur le Theatre ! repartit mon Siamois, vous vous moquez ; ce n'est pas nous qui devons nous donner en spectacle, nous venons pour le voir.—N'importe, lui dis-je, allons nous y étaler : on n'y voit rien, on y entend mal, mais c'est la place la plus chere, et par consequent plus honorable. Cependant, comme vous n'avez point encore d'habitude à l'Opera, vous n'auriez pas sur le Theatre cette sorte de plaisir qui dédommage de la perte du spectacle. Suivez-moi dans une loge : en attendant qu'on leve cette toile, je vais vous dire un mot des païs qu'elle nous cache.

L'Opera est, comme je vous l'ai déja dit, un sejour enchanté ; c'est le païs des metamorphoses : on y en voit des plus subites. Là, en un clein d'œil, les hommes s'érigent en demi-dieux, et les deesses s'humanisent ; là le Voiageur n'a point la peine de courir le païs, ce sont les païs qui voiagent à ses yeux ; là, sans sortir d'une place, on passe d'un bout du monde à l'autre, et des Enfers aux Champs-élisées ; vous ennuiez-vous dans un affreux désert, un coup de siflet vous fait retrouver dans le païs des Dieux ; autre coup de siflet, vous voilà dans le païs des Fées.

Les Fées de l'Opera enchantent comme les autres; mais leurs enchantemens sont plus naturels, au vermillon près.

Quoi qu'on ait fait depuis quelques années quantité de contes sur les Fées du tems-passé, on en fait encore davantage sur les Fées de l'Opera; ils ne sont peut-être pas plus vrais, mais ils sont plus vrais semblables.

Celles-ci sont naturellement bien faisantes; cependant elles n'accordent point à ceux qu'elles aiment le don des richesses, elles le gardent pour elles.

Disons un mot des Habitans naturels du païs de l'Opera. Ce sont des peuples un peu bizares : ils ne parlent qu'en chantant, ne marchent qu'en dansant, et font souvent l'un et l'autre lors qu'ils en ont le moins d'envie.

Ils relevent tous du Souverain de l'Orquestre, Prince si absolu qu'en haussant et baissant un Sceptre en forme de rouleau qu'il tient à sa main, il regle tous les mouvemens de ce peuple capricieux.

Le raisonnement est rare parmi ces peuples; comme ils ont la tête pleine de Musique, ils ne pensent qu'à des chants et n'expriment que des sons; cependant ils ont poussé si loin la science des Notes que, si le raisonnement se pouvoit noter, ils raisonneroient tous à livre ouvert.

AMUSEMENT SIXIEME.

LES PROMENADES.

ous avons à Paris deux sortes de promenades : dans les unes, on va pour
voir et pour être vû ; dans les autres,
pour ne voir ni n'être vû de personne.

Les Dames qui ont l'inclination solitaire cherchent volontiers les routes écartées du Bois de
Boulogne, où elles se servent mutuellement de
guide pour s'égarer.

Les détours de ce Bois sont si trompeurs que
les meres les plus experimentées s'y perdent
quelquefois en voulant retrouver leurs filles.

Du Bois de Boulogne on vient dans le Cours :
c'est une Forêt en Galerie, où il est permis
aux chevaux de se promener, et non pas aux
hommes.

Dans un climat voisin, qu'on nomme les Tuileries, on va respirer l'air au milieu d'un nuage de poussiére étoufante, qui fait qu'on n'y voit point ceux qui n'y vont que pour s'y montrer.

L'incommodité de ces promenades, c'est qu'on y est tourmenté de plusieurs insectes : des mouches en Eté, des cousins en Automne, et en tout tems des Nouvellistes.

En arrivant au bout de la grande Allée des Tuileries, mon Compagnon de voiage fut enchanté du plus agreable spectacle qui se puisse presenter à la vûë : il n'y avoit que des femmes ce jour-là, et l'Allée en étoit toute couverte.

— Je n'ai vû de ma vie, me dit-il en soûriant, une volée si nombreuse! La charmante espece d'oiseaux!

— Ce sont, lui dis-je sur le même ton, ce sont des oiseaux amusans, qui changent de plumage deux ou trois fois par jour.

Ils sont volages d'inclination, foibles de temperamment, et forts en ramage.

Ils ne voient le jour qu'au Soleil couchant, marchent toujours élevées à un pied de terre, et touchent les nuës de leurs superbes hupes; en un mot, la plûpart des femmes sont des paons dans les promenades; quelques-unes sont des pies-grièches dans leur domestique, et des colombes dans le tête à tête.

—Voilà une description bien hardie, me dit mon

Siamois; en bonne foi, me dit-il, ce portrait est-il d'après nature? Est-ce bien là la femme? — Oüi, sans doute, lui répondis-je; mais je connois des femmes qui s'élevent au-dessus de la femme, et peut-être même au-dessus de l'homme. A l'égard de celles-là, je n'ai que faire de les distinguer des autres, elles se distingueront bien d'elles-mêmes.

Rien n'est plus difficile à définir que les femmes; et, de toutes les femmes, les Parisiennes sont les plus indéfinissables.

Les femmes Espagnoles sont tout Espagnoles; les Italiennes, tout Italiennes; les Allemandes, tout Allemandes; mais dans les Parisiennes on trouve des Espagnoles, des Italiennes et des Allemandes.

Parmi nos Françoises, combien de Nations differentes!

La Nation policée des femmes du monde,

La Nation sauvage des Provinciales,

La Nation libre des Coquettes,

La Nation indomptable des Epouses fidéles,

La Nation docile des femmes qui trompent leur mari,

La Nation aguerrie des femmes d'intrigues,

La Nation timide,..... mais il n'y en a gueres de celles-là,

La Nation barbare des belles-meres,

La Nation fiére des Bourgeoises qualifiées,

La Nation errante des visiteuses regulieres,

Et tant d'autres, sans compter la Nation su-
perstitieuse des coureuses d'Horoscope. On devroit renfermer celles-là, et détruire la Nation
des Devineresses, qui les abusent, et qui, sous
pretexte de deviner ce que font les personnes,
leur font faire des choses qu'elles n'auroient ja-
-mais faites.

Je me laisse un peu trop emporter à mon sujet : c'est une chose étrange qu'on ne puisse
parler des femmes avec une juste moderation ;
on en dit toujours trop ou trop peu : on ne parle
pas assez des femmes vertueuses, et l'on parle
trop de celles qui ne le sont pas.

Les hommes leur rendroient justice à toutes
s'ils pouvoient en parler sans passion ; mais ils ne
parlent gueres de celles qui leur sont indiffe-
rentes, ils sont prevenus pour celles qu'ils aiment, et contre celles dont ils n'ont pû se faire
aimer.

Ils font passer ces dernieres pour dereglées,
parce qu'elles sont sages, et plus sages qu'ils ne
voudroient. Ce déchainement des hommes devroit faire la justification des femmes ; mais, par
malheur, la moitié du monde prend plaisir à medire, et l'autre moitié à croire les medisances.

La medisance est de tout tems et de tout païs,

elle est presque aussi ancienne dans le monde que la vertu.

On devroit punir plus rigoureusement la medisance que le larcin : elle fait plus de tort à la societé civile, et il est plus difficile de se garder d'un medisant que d'un voleur.

— On convient que l'un et l'autre sont fort méprisables ; cependant on les estime quand ils excellent. Un railleur fin et délicat fait les delices de la conversation, et tel qui s'aproprie habilement le bien d'autrui s'atire la veneration de ceux mêmes à qui il coupe la bourse.

En voyant le triomphe de ceux-ci, on diroit que ce n'est ni la médisance, ni le vol, qu'on blâme dans les autres, mais seulement leur malhabileté : on les punit de n'avoir sçû atteindre à la perfection de leur art.

—Vous vous éloignez de vôtre sujet, me dit mon Siamois, vous parlez de la medisance en general, et il ne s'agissoit que de celle que les hommes font ordinairement du beau sexe ; je vous y ramene à propos de certaines Loix qui furent autrefois proposées par un Legislateur de Siam. Une de ces Loix permettoit aux femmes de medire des femmes : premièrement, parce qu'il est impossible de l'empêcher, et de plus, parce qu'en fait de galanterie, telle qui accuse sa voisine en peut être aussi accusée, selon la Loi du

Tallion. Mais comment voulez-vous qu'une femme se vange d'un homme qui aura publié qu'elle est galante? Publiera-t-elle qu'il est galant?

Je voudrois bien savoir pourquoi il est plus honteux à un sexe qu'à l'autre de succomber à l'amour? Mais traiter serieusement cette question, ce seroit trop occuper l'esprit; amusons-le seulement par une pensée comique.

Les hommes ont mis leur gloire à conquerir les femmes, et les femmes ont mis la leur à se bien défendre : celui qui se fait aimer chante victoire; celle qui aime se confesse vaincuë.

S'il étoit vrai que les Dames fussent plus foibles que nous, leurs chûtes devroient être plus pardonnables; et voici ce que le Siamois conclut en leur faveur :

—Il faut bien, dit-il aux hommes, que vous vous sentiez plus foibles que vos femmes, puisque vous voulez qu'elles vous pardonnent tout, lorsque vous ne leur pardonnez rien.

Il semble, continuë-t-il, qu'aussi-tôt que vous avez acquis une femme par Contrat, il lui doive suffire d'être toute à vous, sans qu'elle ose vouloir que vous soiez tout à elle. Quelle tirannie aux hommes d'avoir ainsi usurpé le droit d'être infidéles impunément !

— Ils n'ont pas tant gagné à cela qu'ils pensent, dis-je à mon Voiageur; les maris n'ont-ils pas la meilleure part de la honte qu'ils ont attachée à l'infidelité de leurs femmes? Et, pour en revenir à la médisance, peut on medire d'une femme sans faire tort à son mari?

Puisque la medisance contre les femmes a des suites si dangereuses, et qu'on ne peut l'empêcher, je voudrois au moins qu'on fût obligé de prouver clairement les fautes dont on les accuse. Comme les preuves en pareil cas sont difficiles, cela calmeroit les fureurs de langue de nos jeunes calomniateurs.

Ils pourroient se déchaîner contre celles qui sont fardées, car on voit clairement ce qu'elles ont de trop sur leur visage; mais on ne voit pas ce qui manque à leur honneur.

C'est cette difficulté de prouver qui fait qu'on médit si hardiment des plus sages : car, dans les choses où il est impossible de démontrer la verité, on pretend que la vrai semblance suffise.

Attaquer de la langue une vertu entre deux fers, c'est médisance. Publier qu'une personne sage ne l'est pas, c'est calomnie. Dire qu'une laide n'est pas belle, ce n'est ni médisance ni calomnie; mais c'est un crime atroce, que les Dames ne pardonnent jamais.

La plûpart sont encore plus jalouses de leur reputation sur la beauté que sur l'honneur; et telle qui a besoin de toute la matinée pour perfectionner ses charmes seroit plus fâchée d'être surprise à sa toilette que d'être surprise avec un galant.

Cela ne m'étonne pas : la premiere vertu, selon les femmes, c'est de plaire; et pour plaire aux hommes, la beauté est un moien plus seur que la sagesse.

Les uns aiment dans une femme la douceur et la modestie, les autres n'ont du goût que pour la vivacité et l'enjoüement; mais l'agrément et la beauté sont de tous les goûts.

Une jeune personne qui n'a d'autre patrimoine que l'esperance de plaire est bien embarrassée quel parti prendre pour réüssir dans le monde : est-elle simple, on s'en dégoute; prude, on la fuit; coquette, on l'abandonne. Pour bien faire, il faudroit qu'elle fût prude, simple et coquette tout ensemble : la simplicité attire, la coqueterie amuse, et la pruderie retient.

S'il est difficile aux femmes de se maintenir avec les hommes, il leur est bien plus difficile encore de se maintenir avec les femmes mêmes : celle qui se pique de vertu s'attire l'envie, celle qui se pique de galanterie s'attire le mépris; mais celle qui ne se pique de rien échape au mépris et à l'envie, et se sauve entre deux reputations.

Ce ménagement passe la capacité d'une jeune fille : celles qui sont jeunes et belles sont exposées à de grands perils ; pour s'en garentir elles auroient besoin de raison, et par malheur la raison ne vient qu'après que la jeunesse, la beauté et le peril sont passez. Pourquoi faut-il que la raison ne vienne pas aussi-tôt que la beauté, puisque l'une est faite pour défendre de l'autre ?

Il ne dépend pas d'une fille d'être belle ; le seul trait de beauté qu'elles pourroient toutes avoir, et qu'elles n'ont pas toujours, c'est la pudeur ; et de tous les traits de beauté c'est le plus facile à perdre.

Celle qui n'a point encore aimé est si honteuse de sa premiere foiblesse qu'elle voudroit se la cacher à elle-même ; pour la seconde, elle se contente de la cacher aux autres ; mais pour la troisième, elle ne se soucie plus de la cacher à personne.

Quand la pudeur est une fois perduë, elle ne revient pas plus que la jeunesse.

Celles qui ont perdu la pudeur s'en font une affectée, qui s'effarouche bien plus aisément que la naturelle : j'en connois qui s'allarment au moindre mot équivoque, et qui marquent trop de crainte des choses qu'elles ne devroient point savoir.

Une fille de ce caractere étoit dans une assemblée avec sa cadette qui sortoit d'un Convent ; quelqu'un conta une avanture galante, mais il la conta en termes si obscurs qu'une fille sans expérience n'y pouvoit rien comprendre; plus le recit étoit obscur, et plus cette cadette étoit attentive, et elle marquoit naïvement sa curiosité; l'aînée, voulant témoigner qu'elle avoit plus de pudeur que sa cadette, s'écria : « Hé! fi! ma sœur, pouvez-vous entendre sans rougir ce que ces Messieurs disent.

— Hélas! répondit naïvement la cadette, je ne sai pas encore quand il faut rougir. »

Cette heureuse ignorance est toute opposée à l'habileté de ces Heroines de politique, qui conservent une espece d'ordre dans le desordre même.

Tout est reglé chez une femme qui sait son monde : celui qui perd son argent par complaisance cede la place à celui qui prête son carosse pour la promenade, le jeune heritier commence où la dupe ruinée a fini, tel qui paie la collation est relevé par un autre qui la mange, et quand l'Officier entre par la porte, il faut que le Marchand sorte par la fenêtre.

Cette regularité des coquettes n'empêche pas que les femmes de bien ne les méprisent, et ce mépris n'empêche pas qu'elles ne les imitent : n'apprennent-elles pas d'elles le bon air, le savoir vivre et les manieres galantes? Elles parlent, s'habillent et s'ajustent comme elles : il faut

bien suivre le torrent. Ce sont les coquettes qui
inventent les modes et les mots nouveaux, tout
se fait par elles et pour elles; cependant, avec
tous ces avantages, il y a une grande difference
entre les unes et les autres : la reputation des
femmes de bien est plus solide, celle des coquettes est plus étenduë.

Je m'aperçois que je m'arrête trop dans cet
endroit de mon voiage : on s'amuse toujours plus
qu'on ne veut avec les femmes. Puisque nous y
sommes, faisons voir à nôtre Siamois le païs de
la Galanterie, dont elles font tout l'ornement.

LA GALANTERIE.

Entrons dans ce charmant païs, et voions d'a-
bord...... Mais qu'y peut-on voir ? La Galanterie,
autrefois si cultivée, si florissante, frequentée
par tant d'honnêtes gens, est maintenant en fri-
che, abandonnée : quel désert ! helas ! je n'y reconnois plus rien.

Suivons donc l'usage nouveau : sans nous amuser à la Galanterie, passons tout d'un coup au
Mariage.

AMUSEMENT SEPTIEME.

LE MARIAGE.

Il est bien difficile de parler du Mariage d'une maniere qui plaise à tout le monde. Ceux qui n'y prennent nul interêt seront ravis que j'en fasse une description comique. « Maudit soit le plaisant! dira ce mari serieux : s'il étoit à ma place, il n'auroit pas envie de rire. » Si je moralise tristement sur les inconveniens du Mariage, ceux qui ont envie de se marier se plaindront que je veux les dégouter d'un état si charmant. Sur quel ton le prendrai-je donc ? J'y suis fort embarrassé.

Un certain Peintre faisoit un Tableau de l'Himen pour un jeune Amant : « Je veux qu'il soit accompagné de toutes les graces, lui disoit cet Amant passionné. Souvenez-vous surtout que l'Himen doit être plus beau qu'Adonis. Il faut lui mettre en main un flambeau plus brillant encore que celui de l'Amour. Enfin, faites un effort d'imagination ; je vous paierai vôtre Tableau à proportion que le sujet en sera gracieux. » Le Peintre, qui connoissoit sa liberalité, n'oublia rien pour le satisfaire, et lui aporta le Tableau la veille de ses nôces. Nôtre jeune Amant n'en fut point satisfait : « Il manque, dit-il, à cette figure un certain air gai, certains agrémens, certains charmes ; enfin ce n'est point là l'idée que j'ai de l'Himen : vous l'avez fait d'une beauté mediocre, vous ne serez que mediocrement recompensé. »

Le Peintre, qui avoit autant de presence d'esprit que de genie pour la peinture, prit son parti dans le moment.

« Vous avez raison, lui dit-il, de n'être pas content de la beauté de mon Tableau, il n'est pas encore sec ; ce visage est embu ; et, pour vous parler franchement, j'emploie mes couleurs de maniére que ma peinture ne paroît rien dans les premiers jours ; je vous rapporterai ce Tableau dans quelques mois, et pour lors vous me le paierez selon sa beauté : je suis sûr qu'il vous paroîtra tout autre. Adieu, Monsieur, je ne suis pas pressé d'argent. »

Ce Peintre remporta son ouvrage. Nôtre jeune Amant se maria le lendemain, et quelques mois s'écoulerent sans que le Peintre parût. Enfin, il reporta le Tableau. Nôtre jeune mari fut surpris en le voiant. « Vous me l'aviez bien promis, lui dit-il, que le tems embelliroit vôtre peinture; quelle difference! je ne la reconnois plus! J'admire l'effet du tems sur les couleurs, et j'admire encore plus vôtre habileté; cependant je ne puis m'empêcher de vous dire que ce visage est un peu trop gai, ces yeux un peu trop vifs, car enfin les feux de l'Himen doivent paroître moins brillans que ceux de l'Amour; ce sont des feux solides que les feux de l'Himen. D'ailleurs, l'attitude de vôtre figure est un peu trop enjoüée, un peu trop libre, et vous lui avez donné un certain air de badinage qui ne caracterise pas tout à fait.... ce n'est pas là l'Himen, enfin.—Fort bien, Monsieur, lui dit le Peintre, ce que j'avois prévû est arrivé : l'Himen est à present moins beau dans vôtre idée que dans mon Tableau, c'étoit tout le contraire il y a trois mois; ce n'est point ma peinture qui a changé, c'est vôtre idée; vous étiez Amant pour lors, vous êtes mari maintenant.

—Je vous entens, interrompit le mari; brisons là dessus. Vôtre Tableau est agreable audelà de mon imagination, il est juste que le paiement soit audelà de la vôtre : voilà une bourse qui contient le double de ce que vous pouvez espe-

rer. Tenez, Monsieur, laissez-moi le Tableau.
— Non, Monsieur, repliqua le Peintre, non, je ne
vous le laisserai point, je vous en veux donner un
autre qui plaise aux Amans et aux Maris, et ce
sera le chef-d'œuvre de la Peinture. » En effet, le
Peintre fit un autre Tableau, où il se servit avec
tant d'art de certaines regles d'optique et de
perspective, que le portrait de l'Himen parois-
soit charmant à ceux qui le regardoient de loin;
mais de prés ce n'étoit plus cela. Il le fit placer
au bout d'une agreable Galerie, sur une espece
d'estrade, et, pour monter sur cette estrade, il
faloit passer un pas fort glissant; en deça c'étoit
le charmant point de vûë, mais sitôt qu'on avoit
passé le pas, adieu les charmes.

Si vous comprenez la difficulté qu'il y a de
peindre le Mariage au goût de tout le monde,
suspendez ici vôtre critique; je vais vous presenter mon Tableau, choisissez le point de vûë qui
vous convient.

Pour rentrer dans nôtre stile de voiage, je
vous dirai d'abord que le Mariage est un païs
qui peuple les autres; la Bourgeoisie y est plus
fertile que la Noblesse : c'est peut-être que les
grands Seigneurs se plaisent moins chez eux
que chez leurs voisins. Le Mariage a la proprieté
de faire changer d'humeur ceux qui s'y établis-
sent; il fait souvent d'un homme enjoüé un stu-

pide, et d'un galant un bouru; quelquefois aussi, d'un stupide et d'un bouru une femme d'esprit fait presque un galant homme.

On se marie par differens motifs: les uns par passion, les autres par raison; celui-ci sans savoir ce qu'il fait, et celui-là ne sachant plus que faire.

Il y a des hommes si accablez de quiétude et d'indolence qu'ils se marient seulement pour se desennuier. D'abord le choix d'une femme les occupe, ensuite les visites, les entrevûës, les festins, les ceremonies; mais aprés la derniere ceremonie, l'ennui les reprend plus que jamais.

Combien voions-nous de maris et de femmes qui dés la seconde année de leur communauté n'ont plus rien de commun que le nom, la qualité, la mauvaise humeur et la misere?

Je ne m'étonne pas qu'il y ait tant de mauvais ménages, puis qu'on se marie tout à sa tête, ou tout à celle des autres.

Tel qui se marie à sa tête, ne voiant pas dans une femme ce que tout le monde y voit, est en danger d'y voir dans la suite beaucoup plus que les autres n'y ont vû.

Tel autre qui n'a pas la force de se déterminer par lui-même s'en raporte à la marieuse de son quartier, qui sait à point nommé le taux des établissemens et le prix courant des filles à marier. Ces connoisseuses ont le talent d'assortir les conditions, les biens, les familles, tout enfin, hors les humeurs et les inclinations, dont elles ne se mettent point en peine.

Avec l'entremise de ces femmes d'affaire, on fait un mariage comme une emplette, on marchande, on surfait, on mésoffre, enfin on est pris au mot.

D'autres, qui n'ont pas le loisir de marchander, vont lever une riche veuve chez un Notaire, comme on leve une Charge aux Parties casuelles.

Ce n'est pas tout à fait la faute de l'entremeteuse si l'on est trompé en femme : elles vous donnent un memoire, on n'examine que les articles de la famille et du bien, on laisse à côté la femme, qu'on ne retrouve que trop dans la suite.

Après tout ce que je viens de dire, je ne crains point d'avancer que ceux qui se marient peuvent être heureux.

Mais ce n'est point se marier, c'est négocier, que de prendre une femme pour son bien.

Ce n'est point se marier, c'est se contenter, que de prendre une femme pour sa beauté.

Ce n'est point se marier, c'est radoter, à certain âge, que de prendre une jeune femme pour avoir de la société.

Qu'est-ce donc que se marier? C'est choisir avec discernement, à loisir, par inclination et sans intérêt, une femme qui vous choisisse de même.

Le païs du Mariage a cela de particulier que les étrangers ont envie de l'habiter, et les habitans naturels voudroient en être exilez.

On peut être exilé du Mariage par la separation; mais il n'y a de veritable sortie que celle du veuvage.

Quoique le veuvage supose la mort de l'un des deux époux, il me paroît moins à craindre que la separation.

Les separez sont des animaux sauvages, incapables des plus beaux nœuds de la societé.

Dans les causes ordinaires de separation, on donne le tort à la femme; mais souvent le mari est cause que la femme a tort, et il a lui-même le tort d'avoir apris au public que sa femme avoit tort.

On doit s'attendre que je vais parler ici du veuvage; c'est un grand sujet et tres-fertile, mais il est trop difficile à traiter.

Comment parler des veuves? Si je ne les dépeins qu'à demi fachées de la mort d'un mari, je blesserai la bienseance; si j'exagére leur affliction, je blesserai la verité.

Quoi qu'en puissent dire les mauvais plaisans, il n'y a point de veuvage sans tristesse. N'est-ce pas toujours un état fort triste d'être obligé de feindre une tristesse continuelle ? Le triste rôle à joüer que celui d'une veuve qui ne veut point faire parler d'elle !

Il y a des veuves à qui les sanglots et les larmes ne coûtent rien; j'en ai connu une, au contraire, qui faisoit de bonne foi tout son possible pour s'affliger, mais la nature lui avoit refusé le don des larmes; cependant elle vouloit faire pitié aux parens de son mari, ses affaires dépendoient d'eux.

Un jour, son Beaufrere, qui étoit fort affligé, lui reprochoit qu'elle n'avoit pas versé une larme. « Helas! lui répondit la veuve, mon pauvre esprit a été si accablé de ce coup imprévû que j'en suis devenuë comme insensible; les grandes douleurs ne se font point sentir d'abord, mais dans la suite je suis sure que j'en mourrai.

—Je sai, lui repliqua le Beaufrere, que les douleurs trop grandes ne se font point sentir d'abord, je sai encore que les douleurs violentes ne durent gueres; ainsi, Madame, vous serez toute étonnée que la douleur de vôtre veuvage sera passée avant que vous l'aiez sentie. »

Une autre veuve se desesperoit, et ce n'étoit pas sans sujet; elle avoit perdu en un même jour le meilleur mari, et la plus jolie petite chienne de Paris.

Ce double veuvage l'avoit reduite en un état

qui faisoit craindre pour sa vie. On n'osoit lui
parler de boire ni de manger ; on n'osoit pas
même la consoler. Il est dangereux d'obstiner la
douleur d'une femme, il vaut mieux laisser agir
le tems et l'inconstance. Cependant, pour accoû-
tumer la veuve petit à petit à suporter l'idée de
ses pertes, une bonne amie lui parla d'abord de
sa petite chienne. Au seul nom de Babichonne,
ce fut des hurlemens, des transports ; elle s'éva-
noüit enfin. « Que j'ai bien fait, s'écria la prudente
amie, de ne point parler du mari, elle seroit morte
tout à fait. »

Le lendemain le nom de Babichonne fit cou-
ler des larmes avec tant d'abondance qu'on es-
pera que la source en tariroit bien-tôt, et l'amie
zélée crut qu'elle pouvoit hazarder le nom du
mari.

« Helas ! lui dit elle, si le seul nom de Babichonne vous afflige tant, que seroit-ce donc si on
vous parloit de vôtre mari ? mais je n'ai garde.
La pauvre Babichonne ! vous n'en retrouverez
jamais une semblable ; cependant elle est bien-
heureuse d'être morte, car vous ne l'auriez plus
aimée : peut-on aimer quelque chose aprés avoir
perdu un mari ? »

C'est ainsi que cette amie habile mêloit adroi-
tement l'idée du mari avec celle de Babichonne,
sachant bien que quelquefois deux sortes de

douleurs se detruisent l'une l'autre en faisant diversion. Elle remarqua qu'au nom de Babichonne les pleurs redoubloient, et qu'elles s'arrétoient tout court au nom du mari; c'étoit, sans doute, le saisissement; on sait que les pleurs ne sont que pour les douleurs médiocres. Quoi qu'il en soit, la pauvre affligée passa plusieurs nuits dans cette alternative de pleurs et de saisissemens.

Enfin, la bonne amie fit chercher une petite chienne, et en trouva une plus jolie que la défunte ; elle la présenta, mais la veuve ne l'accepta qu'en pleurant. Heureusement la nouvelle chienne se fit tant aimer en huit jours qu'on ne pleura plus Babichonne; et voici la consequence que l'amie en tira.

Si une chienne nouvelle a fait cesser les pleurs, peut-être qu'un mari nouveau fera cesser les saisissemens. Mais, helas ! l'un ne fut pas si facile que l'autre; la nouvelle chienne s'étoit fait aimer en huit jours, et il falut plus de trois mois pour faire consentir la veuve à se remarier.

Quoique je me sois donné plein pouvoir de quitter mon Voiageur Siamois tant qu'il me plairoit, je ne veux pas le perdre de vûë ; j'ai besoin qu'il autorise certaines idées creuses qui me sont venuës à propos de la Faculté et de l'Université. Ce sont deux païs où les idées simples et naturéles ne sont pas les mieux reçûës ; il faut qu'un Voiageur parle, s'il se peut, la langue des païs par où il passe; je vais donc guinder mon stile et figurer mes expressions, pour être plus intelligible aux Docteurs.

AMUSEMENT HUITIEME.

L'UNIVERSITÉ.

Dans le païs Latin tout est obscur : les habitations, les vétemens, le langage et les raisonnemens mêmes.

La noblesse ni la bravoure ne servent de rien pour parvenir aux dignitez de la République des Lettres ; ce sont les plus savans, et souvent les plus opiniatres, qui usurpent la domination. Là chaque Maison est un Royaume, ou plutôt un Empire, où chaque Souverain a son sceptre, sa justice, ses loix et ses armes ; et tel d'entre-eux est si puissant qu'il gouverne quatre Nations dans un seul Collège.

Il y a long-tems qu'on travaille à défricher le païs de la science ; cependant il n'y paroit gueres.

La seule chose qu'on y explique nettement, c'est qu'un et un font deux ; et ce qui fait que cela est si clair, c'est qu'on le savoit avant que d'en avoir fait une science.

Quoi qu'il en soit, la Geometrie est d'un grand usage ; elle sert entre autres choses à eprouver l'esprit, comme le creuset sert à éprouver l'or : les bons esprits s'y rafinent, les esprits faux s'y évaporent.

Les Geometres travaillent sur un terrain si solide qu'aprés avoir bien posé la premiere pierre, ils élevent sans crainte leurs batimens jusqu'aux cieux.

Sur un terrain bien different, les Philosophes batissent des édifices superbes qu'on apelle Sistêmes ; ils commencent par les fonder en l'air ; et, quand ils croient être parvenus au solide, le batiment s'évanouït, et l'Architecte tombe des nuës.

Le pais des Sistêmes est fort amusant ; entr'autres singularitez on y voit une poplace d'éguilles s'assembler autour d'une pierre noire, des grands hommes courir aprés les petits corps ; on y pése l'air, on y mesure la chaleur, le froid, la sécheresse et l'humidité : grandes découvertes pour l'utilité de l'homme. Sans étudier, il n'a qu'à jetter les yeux sur un petit tuyau de verre pour connoitre s'il a chaud, s'il pleut ou s'il fait beau tems.

Attiré par ces belles connoissances, on cherche des guides pour avancer dans la Philosophie. On apperçoit un ancien Grec, qui depuis deux mille ans est maître d'un chemin creux et obscur; d'autre part, on voit un jeune téméraire qui a osé frayer un chemin tout opposé. Celui-cy est si artistement applany qu'on y marche plus à son aise et qu'on croit même y voir plus clair que dans l'autre; ces deux guides se tuënt de crier: c'est ici, c'est icy, l'unique route qu'il faut tenir pour découvrir tous les secrets de la Nature. Si l'on me demande lequel des deux a raison, je dirai que l'un a pour lui la raison de l'ancienneté, et l'autre la raison de la nouveauté; et, en cas d'opinion, ces deux raisons entraînent plus de savans que la raison même.

Celui qui entreprend le voïage de la Philosophie voudroit bien suivre ces deux guides tout à la fois; mais il n'ose s'engager dans des chemins où l'on ne parle que d'acidens et de privation. Il se sent tout à coup saisi du froid, du chaud, du sec et de l'humide, penetré par la matiere subtile, environné de tourbillons, et si épouvanté par l'horreur du vuide qu'il recule au lieu d'avancer.

On se doit consoler de ne point avancer dans ce païs; car ceux qui n'y ont jamais été en savent presque autant que ceux qui en reviennent.

Avant que de faire passer mon Voïageur de l'Université à la Faculté, il est bon de lui faire remarquer que :

Dans le païs de la science, on s'égare;

Dans le Palais, on se perd;

Dans les promenades, on se retrouve;

Et on ne se cherche plus dans le mariage;

On avance peu à la Cour;

On va loin avec les femmes;

Et on ne revient guere du Royaume de la Faculté.

AMUSEMENT NEUVIEME.

LA FACULTÉ.

E païs de la Faculté est situé sur le passage de ce monde à l'autre.

C'est un païs climaterique où l'on nous fait respirer un air rafraîchissant, tres-ennemi de la chaleur naturelle.

Ceux qui voïagent dans cette contrée dépensent beaucoup, et meurent de faim.

La langue y est fort savante, et ceux qui la parlent sont tres-ignorans.

On aprend ordinairement les Langues pour pouvoir exprimer netement ce qu'on fait; mais il semble que les Medecins n'aprennent leur jargon que pour embroüiller ce qu'ils ne savent point.

Que je plains un malade de bon sens! Il faut qu'il ait à combatre tout à la fois les argumens du Medecin, la maladie, les remedes et l'inanition. Un de mes amis, à qui tout cela ensemble avoit causé un transport au cerveau, eut une vision fievreuse qui lui sauva la vie : il crut voir la fievre sous la figure d'un monstre ardent qui poursuivoit à pas continus et redoublés un malade qu'un conducteur vint prendre par le poignet pour le faire sauver à travers d'un fleuve de sang; ce pauvre malade n'eut pas la force de le traverser, et se noïa. Le conducteur se fit payer et courut à un autre malade entrainé par un torrent d'eau de poulet et d'émulsion. Mon ami profita de cette vision, congedia son Medecin, et cela lui fit du bien, car rien ne l'empêcha plus de guerir tout seul.

L'absence des Medecins est un souverain remede pour celui qui n'a point recours au Charlatan.

Ce n'est pas qu'il n'y ait des Charlatans de bonne foy. Cet Etranger, par exemple, est fort sincére; il débite de l'eau de Fontaine à trente sols la bouteille; il dit qu'il y a dans son eau une vertu oculte qui guérit des plus grands maux; il en jure, et jure vrai, puisque cette eau le guérit lui-même de la pauvreté, qui renferme les plus grands maux.

A Paris, il en est des Medecins comme des Almanacs: les plus nouveaux sont les plus consultez; mais aussi leur régne, comme celui des Almanacs, finit avec l'année courante.

Quand un malade laisse tout faire à la nature, il hasarde beaucoup; quand il laisse tout faire aux Medecins, il hasarde beaucoup aussi; mais, hasard pour hasard, j'aimerois mieux me confier à la nature, car au moins on est sûr qu'elle agit de bonne foy, comme elle peut, et qu'elle ne trouve pas son compte à faire durer les maladies.

Il y a quelque raport entre les Medecins et les Intendans. Les Intendans ruïnent les maisons les mieux établies, et les Medecins ruinent les corps les mieux constituez; les maisons ruinées enrichissent les Intendans, et les corps ruinez enrichissent les Medecins.

On devroit obliger tous les Medecins à se marier. N'est-ce pas une justice qu'ils rendent à l'Etat quelques hommes pour ceux qu'ils lui enlevent à toute heure?

Je pardonne à ceux qui sont à l'extremité de leur vie de s'abandonner aux Medecins, et, à ceux qui sont à l'extremité de leur bien, de s'abandonner au jeu.

AMUSEMENT DIXIEME.

LE JEU.

E Jeu est une espece de succession ouverte à tout le monde : j'y vis l'autre jour deux Gascons heriter d'un Parisien, qui ne se seroit jamais avisé de les mettre sur son testament.

Le lansquenet est une espece de Republique mal policée, où tout le monde devient égal. Plus de subordination : le dernier de tous les hommes, l'argent à la main, vient prendre au dessus d'un Duc et Pair le rang que sa carte lui donne.

On bannit de ces lieux privilegiez non seulement la subordination et le respect, mais encore toutes sortes d'égards, de compassion et d'humanité : les cœurs y sont tellement durs et impitoyables que ce qui fait la douleur de l'un y fait la joye de l'autre.

Les Grecs s'assembloient pour voir combatre des Atletes, c'est à dire pour voir des hommes s'entretuer : ils appelloient cela des Jeux ; quelle barbarie ! Mais sommes-nous moins barbares, nous qui appellons un jeu l'assemblée du Lansquenet, où, pour user de l'expression des Joüeurs mêmes, on ne va que pour s'égorger l'un l'autre ?

Un jour mon Voyageur entra inopinément dans un Lansquenet ; il fut bizarement frapé de ce spectacle. Mettez-vous à la place d'un Siamois supersticieux, et qui n'a aucune connoissance de nos manieres de joüér, vous conviendrez que son idée, toute abstraite et toute visionnaire quelle paroisse, a pourtant quelque rapport à la verité. Voicy les propres termes d'une lettre qu'il en écrivit.

FRAGMENT D'UNE LETTRE

SIAMOISE.

Les François disent qu'ils n'adorent qu'un seul Dieu; je n'en crois rien, car, outre les Divinitez vivantes ausquelles on les voit ofrir des vœux, ils en ont encore plusieurs autres inanimées, ausquelles ils sacrifient, comme je l'ai remarqué dans une de leurs assemblées où je suis entré par hazard.

On y voit un grand autel en rond, orné d'un tapis verd, éclairé dans le milieu et entouré de plusieurs personnes assises comme nous le sommes dans nos sacrifices domestiques.

Dans le moment que j'y entrai, l'un d'eux, qui aparemment étoit le Sacrificateur, étendit sur l'autel les feüillets détachez d'un petit Livre qu'il tenoit à la main ; sur ces feüillets étoient representées quelques figures. Ces figures étoient fort mal peintes ; cependant ce devoit être les images de quelques Divinitez, car, à mesure qu'on les distribuoit à la ronde, chacun des assistans y mettoit une ofrande, chacun selon sa devotion. J'observai que ces offrandes étoient bien plus considerables que celles qu'ils font dans leurs Temples particuliers.

Aprés la ceremonie dont je vous ai parlé, le Sacrificateur porte sa main en tremblant sur le reste de ce Livre, et demeure quelque tems saisi de crainte et sans action; tous les autres, attentifs à ce qu'il va faire, sont en suspens et immobiles comme lui. Ensuite, à chaque feüillet qu'il retourne, ces assistans immobiles sont tour à tour agitez différemment, selon l'esprit qui s'empare d'eux: l'un loüe le Ciel en joignant les mains, l'autre regarde fixement son image en grinçant les dents, l'autre mord ses doigts et frape des pieds contre terre, tous enfin font des postures et des contorsions si extraordinaires qu'ils ne semblent plus être des hommes. Mais à peine le Sacrificateur a-t'il retourné certain feuillet, qu'il entre lui-même en fureur, déchire le livre et le devore de rage, renverse l'autel et maudit le sacrifice ; on n'entend plus que plaintes, que gemissem'ens, cris et imprecations. A les voir si transportez et si furieux, je jugeai que le Dieu qu'ils adorent est un Dieu jaloux, qui, pour les punir de ce qu'ils sacrifient à d'autres, leur envoie à chacun un mauvais Demon pour les posseder.

Voilà le jugement que peut faire un Siamois sur les emportemens des Joüeurs ; que n'auroit il point pensez s'il se fut rencontré là des Joüeuses.

Non, jamais l'amour n'a causé tant de desordre parmi les femmes que la fureur du jeu. Comment peuvent-t'elles s'abandonner à une passion qui altere leur esprit, leur santé, leur beauté, qui altere....... que sai-je moi ? Mais ce tableau ne leur est point avantageux, tirons le rideau dessus.

Je ne sai pourquoi les lieux publics où l'on joüe ont usurpé le beau nom d'Academie, si ce n'est qu'on y aprend quelquefois aux dépens de tout son bien à gagner subtilement celui des autres.

On trouve dans Paris quantité d'Academies, qui ont toutes des vuës differentes dans leur établissement :

Academie de Musique, pour exciter les passions ;

Academie de Philosophes, pour les calmer ;

Academie pour observer le cours des Astres ;

Academie pour regler le cours des mots ;

Academie d'Eloquence et de Peinture, qui aprend à immortaliser les hommes ;

Academie d'armes, qui enseigne à les tuër.

Il y a outre cela quantité d'Academies Bachiques, ou les bons gourmets et les fins côteaux enseignent l'art de boire et de manger, art qui s'est beaucoup perfectionné depuis peu. Ce sont de riches particuliers qui tiennent ces Academies pour leur plaisir; car on ne va plus guere dans celles qui sont publiques, parce qu'on a remarqué que plusieurs jeunes gens, pour y avoir vécu delicieusement quelques années, se sont mis en état de mourir de faim le reste de leur vie.

Si le païs des Traiteurs est désert, celuy des Caffez, en récompense, est fort peuplé.

Chaque Caffé est un Palais illuminé, à l'entrée duquel paroît une Armide ou deux qui vous charment d'abord, pour vous attirer dans des enfoncemens à perte de vuë.

Là, plusieurs Chevaliers errans viennent se placer à une même table sans se connoître; à peine se regardent-ils, lorsqu'on leur apporte une certaine liqueur noire, qui a la vertu de les faire parler ensemble; et c'est alors qu'ils se racontent leurs avantures. Aux charmes du Caffé, on joint la fenoüillette, qui acheve d'enchanter les Chevaliers. Par la force de cet enchantement, l'un est forcé de s'abandonner au sommeil, l'autre s'attendrit pour Armide, et l'autre, comme un Roland furieux, va signaler sa valeur en courant les ruës.

Disons un mot du riche païs des Bourdonois. C'est là que le luxe vous conduit dans des Perou en magazin, où les lingots d'or et d'argent se mesurent à l'aune ; et telle femme, aprés y avoir voyagé avec quelque Etranger libéral, porte sur elle plus que son mari ne gagne, et traîne à sa queuë tout le bien d'un créancier.

D'un côté tout opposé, le bon marché vous méne dans une contrée où le hasard vous habille ; là, quantité d'importuns officieux appellent le passant, l'arrêtent, le tiraillent, et luy déchirent un habit neuf pour l'acommoder d'un vieux.

Dans un païs voisin, on voit un grand jardin pavé ouvert indifferemment à tout le monde ; on y voit, en Hyver comme en Eté, des fleurs et des fruits en même temps ; tous les jours on les cüeille, et toutes les nuits il en revient de nouveaux.

Autour de ce jardin s'arrangent quantité de Nimphes, qui habitent chacune dans leur tonneau. Non seulement elles ont cela de commun avec Diogénes, mais, ainsi que ce Philosophe, elles disent librement au prémier venu tout ce qui leur vient en pensée.

Je n'aurois jamais fait si j'entreprenois de parcourir tous les païs qui sont renfermez dans Paris. La Robe, l'Epée, la Finance, chaque état enfin, y fait comme un païs à part, qui a ses mœurs et son jargon particulier.

Vous y voyez le païs fertile du Negoce,
Le païs ingrat de la Pierre Philosophale,
Le païs froid des Nouvellistes,
Le païs chaud des Disputeurs,
Le païs plat des mauvais Poëtes,
Le païs désert des femmes de bien,
Le païs battu des coquettes, et une infinité d'autres, sans compter les païs perdus habitez par plusieurs personnes égarées, qui ne cherchent qu'à égarer les autres ; elles sont d'un facile accés et d'un dangéreux commerce ; quelques-unes ont le secret de plaire sans menagement, et d'aimer même sans amour.

AMUSEMENT ONZIEME.

LE CERCLE BOURGEOIS.

C'EST promener trop long-tems mon Voiageur de païs en païs, épargnons-luy la fatigue de courir le reste du monde.

Pour en connoître tous les différens caractéres, il lui suffira de frequenter certaines assemblées nombreuses où l'on voit tout Paris en racourci. Ces assemblées sont des espéces de Cercles bourgeois, qui se forment à l'imitation du Cercle de la Cour. Disons un mot de celui-ci, avant que de parler de l'autre.

Le Cercle est une assemblée grave et mal assise sur de petits Tabourets arrangez en rond; là toutes les femmes parlent, et pas une n'écoute; là on raisonne sur rien, on décide de tout, et les conversations les plus diversifiées sont des Rondeaux, dont la chute est toujours ou fine médisance, ou flaterie grossiére.

Le Cercle Bourgeois est une assemblée familiere, un conseil libre, où les afaires du prochain se Jugent souverainement sans entendre les Parties.

Ces Tribunaux connoissent également des matiéres sublimes et des populaires, tout est de leur ressort ; là le caprice préside, et c'est là proprement qu'on trouve autant d'opinions differentes qu'il y a de têtes. Le méme Juge y est tantôt sévére, et tantôt indulgent, tantôt grave, tantôt badin ; et on en use là comme j'ai fait dans mes Amusemens, l'on y passe en un instant du serieux au comique, du grand au petit, et quelque fois une réfléxion subite sur la coëfure d'une femme empêche la décision d'un point de morale qui étoit sur le tapis.

On y prononce vingt Arrests tout à la fois ; les hommes y opinent quand ils peuvent, et les femmes tant qu'elles veulent ; elles y ont deux voix pour une.

La liberté qui regne dans le Cercle Bourgeois donne lieu à toutes sortes de personnes de s'y faire connoître, et d'y connoître les autres ; là chacun parle selon ses vuës, ses inclinations et son génie.

Les jeunes gens disent ce qu'ils font, les vieillards ce qu'ils ont fait, et les sots ce qu'ils ont envie de faire.

L'ambitieux parle contre la paresse, le paresseux contre l'ambition.

Le négociant déteste la guerre, et le guerrier maudit la paix.

Le sçavant méprise le riche en souhaitant des richesses : le riche méprise tout net la science et les sçavans.

Les gens raisonnables blâment l'amour, et les amans se revoltent contre la raison.

Ceux qui ne sont point mariez condamnent les maris jaloux, et ceux qui le sont les justifient.

Un jeune étourdi plein de vigueur et de santé témoignoit par ses discours qu'il se croyoit immortel, et qu'il craignoit que son pere ne le fut aussi. Un vieillard, choqué de cette idée, entreprit le jeune homme : « Apprenez, luy dit-il d'un ton sévére, que tout age est égal pour la durée de la vie : un homme de quatre-vingt ans est encore assez jeune pour vivre, et un enfant de quatre jours est déja assez vieux pour mourir.

— Je comprens, repliqua l'étourdi, que vous êtes assez jeune pour vivre aujourd'huy, et assez vieux pour mourir demain. »

Ceux que vous venez d'entendre n'ont eu qu'à

parler pour faire paroître ce qu'ils étoient : d'autres, dans leurs discours et dans leurs maniéres, paroissent tout le contraire de ce qu'ils sont.

Vous admirez la vivacité d'un Provençal, qui brille par ses saillies d'esprit ; ne vous y laissez pas tromper, ce sont des saillies de mémoire, l'imagination n'y a guere de part.

Un tel se pique à bon droit de bel esprit ; c'est un aigle dans les sciences ; en affaires, c'est un étourneau, et ce bœuf qui rumine dans la conversation est un furet dans les Finances.

Apercevez-vous cette figure inanimée, cet indolent qui s'étale dans un fauteüil ; il ne prend aucune part à tout ce qui se dit en sa présence ; vous concluez de là que de plus grandes afaires l'ocupent, que sa tête en est pleine : rien n'est plus vuide. Cet homme est également incapable de s'appliquer et de se réjoüir ; il s'endort au jeu, il baille aux Comédies les plus divertissantes ; il a une Charge considérable, il a une belle femme, et n'est pas plus occupé de l'une que de l'autre.

Bélise entre dans l'assemblée : vous en jugez mal, parce qu'elle est trop enjoüée et trop libre en paroles ; cependant, c'est une Lucréce dans sa conduite, et sa Compagne, qui parle en Lucréce, est peut être une Lais par ses actions.

Cette jeune personne sans expérience n'en-

tend qu'avec horreur prononcer le mot d'amour ;
sa mére luy en a fait des portraits si horribles
qu'elle croit le hair : vous imaginez vous qu'elle
le haira toûjours ? Cela n'est pas sur : une fille
qui hait l'amour avant que de le connoître est
en danger de ne le pas hair long-temps.

Ce nouveau riche qui répand l'argent comme
de l'eau, quand il s'agit de paroître, vous ébloüit
par sa magnificence ; il donne même, et cache
de bonne grace la peine qu'il a à donner. Ah !
la belle ame, s'écrie t'on ! Helas ! ce n'est qu'à
force de bassesses d'ame qu'il a gagné dequoy
paroître si génèreux.

J'explique peut étre les choses un peu plus
qu'il ne faut et je démasque trop les personnages
de mon Cercle. Mais, quand je voudrois les
épargner et qu'ils auroient eux mêmes assez
d'habileté pour cacher leurs défauts, je voy venir une femme pénétrante qui les déchifrera bien
plus impitoyablement que moy.

Cette femme s'avance : que son air est modeste ! elle ne léve les yeux que pour voir si les
autres femmes sont aussi modestes qu'elle.

Elle a tant de vertu, dit-on, qu'elle ne peut
souffrir celles qui en ont davantage ; elles lui dé-
plaisent ; aussi c'est pourquoy elle n'en épargne
pas une.

Je demandois un jour à une femme de ce ca-

ractére pourquoy ses exhortations étoient toujours moitié morale, moitié médisance. « Parlez
mieux, s'écria-t-elle, la médisance me fait horreur. A la vérité je suis quelquefois obligée, pour
m'accommoder au goût du monde, d'assaisonner
mes remontrances d'un peu de sel critique, car
on veut de l'agrément partout, même dans la
correction : il faut bien faire passer la morale à
la faveur de quelques traits de satire. — Parlez
plus sincérement, luy repartis-je, et dites que
vous voulez à la faveur d'un peu de morale
faire passer force médisances. »

Revenons à cette faiseuse des portraits qui
prend séance dans nôtre Cercle. Elle sçait si bien
son métier, qu'en un seul trait d'histoire elle
vous peindra deux ou trois caractéres différens,
sans compter le sien propre, que vous connoi-
trez par la maniére de raconter.

« Connoissez-vous, dit-elle, ce négociant? Il est
tres-honnête homme; son industrie a commencé
sa fortune, et sa probité l'a achevée. Il est com-
blé de biens; mais, tout riche qu'il est, helas que
je le plains ! Sa fille a échoüé avant que d'arriver
au port du mariage, et sa femme a fait naufrage
dans le port même. »

Ensuite elle vous fera admirer la politique
d'une sage indigente, qui reçoit tout d'un Fi-
nancier sans lui rien accorder. « Cela s'appelle,

dira-t-elle, une vertu à l'épreuve. Mais par malheur pour cette vertueuse personne, le monde juge mal des choses : on croit que chez les Financiers, en amour comme en affaires, les articles de la recette suivent de prés ceux de la dépense, et que ces Messieurs là sont accoutumez à recüeillir aussi tôt qu'ils ont semé.

« A mon égard, continuë cette charitable personne, je serois bien caution que l'homme d'affaire dont j'ay parlé n'a d'autres vuës que de retirer des occasions du vice celle à qui il fait du bien ; je le connois à fond, je faisois l'autre jour son éloge en bon lieu : je disois que personne n'est plus généreux, et qu'il n'a rien à luy.

— J'en conviens, dit un mauvais plaisant qui m'interrompit : on peut dire que l'homme que vous louez n'a rien à luy, car il n'est riche que du bien d'autruy. »

C'est trop écouter cette médisante : il est tems que quelqu'un l'interrompe, pour sauver la réputation de tous ceux qu'elle connoît, et de ceux même qu'elle ne connoît pas.

Celle qui va l'interrompre est une femme sçavante, qui vient se plaindre à un Poëte de sa clique qu'une de ses Compagnes va se marier : « Quelle perte pour nous, s'écrie-t-elle ! Plus de commerce d'esprit, plus de conversations sçavantes, plus de prose, plus de vers, le mariage absorbe tout. La pauvre fille écrivoit avec tant de délicatesse; son stile étoit enjoué, ses pensées fines, ses applications justes; adieu la délicatesse : car enfin, pour une femme qui compose, un mari est une distraction continuelle.

— Ouy, certes, répond le Poëte, le mariage enchaîne l'esprit aussi bien que le cœur, et, par malheur encore, le cœur se dégage, et l'esprit demeure dans les fers. Un de mes amis, tant qu'il fut garçon, produisoit chaque semaine un volume de Poësies gaillardes. Depuis trois ans qu'il est marié, je n'ay pû tirer de lui qu'une Elegie plaintive et quelque Epitre chagrine.

— Sçavez-vous bien, reprit la sçavante désolée, ce que nôtre amie m'allegue pour excuse? L'amour, Monsieur, l'amour; la belle raison pour se marier! L'amour a-t-il jamais inspiré le mariage aux Poëtes? Que ne garde-t-elle sa tendresse pour rendre ses Poësies plus touchantes et plus animées! L'amour réveille l'imagination, mais le mariage l'endort.

« Cette fille m'a bien trompée, continuë-t-elle; à l'entendre parler, on eût dit qu'elle auroit eu plus de délicatesse que de passion, et plus d'imagination que de sentiment ; je croyois qu'elle me ressembloit, et que son cœur étoit tout esprit. Mais, hélas! et son cœur et son esprit sont tout corps. Quand je luy en fais des reproches, elle répond que l'amour fut toujours ami des Poëtes, et que j'ai tort de vouloir les mettre mal ensemble. Je vous en fais Juge, Monsieur : n'est-ce pas elle qui cherche *noise?* Quand on a interest de menager l'amour, il ne faut pas en venir aux extrémitez avec lui ; c'est le pousser à bout que de se marier.

— S'il n'y avoit que l'amour à perdre en se mariant, réprend le Poëte, ce seroit peu ; mais qui ne sçait que l'Himen éfarouche les Graces et les Muses? J'ay lû dans une Fable inconnuë aux Anciens qu'Apollon s'étant marié un jour, l'Hipocréne tarit le lendemain.

« Un génie marié est un génie stérile. En effet, les productions de l'homme sont bornées; il faut opter de laisser à la posterité ou des ouvrages d'esprit ou des enfans. »

Mais j'apperçois un objet des plus tristes qui vient interrompre la conversation comique du vieux Poëte garçon et de la femme de Lettres.

C'est un homme en grand deuil ; il a outré l'appareil, la queuë de son manteau couvre toute l'antichambre, et le bout de son crêpe est encore sur l'escalier. C'est un Spectre de drap noir ; que vient-il faire dans une assemblée de plaisir? Il sort de l'Enterrement; que ne va-t-il achever de pleurer chez luy? Cependant il est homme de condition, il a perdu son pére, on luy doit des

complimens de condoléance. Mais pourquoy vouloir partager sa douleur? Il ne vient icy que pour
vous faire part de sa joye; la succession est si
grosse qu'il ne sçait à qui le dire : il cherche
par-tout qui le félicite, il faut pourtant s'affliger
d'abord avec luy par bienséance : « Que je suis
fâchée, luy dit une Dame!...—Je suis bien aise,
dit nôtre Orphelin, en prévenant le triste com-
pliment, je suis bien aise de vous trouver si à
propos; on m'a dit, Madame, que vous avez un
bel ameublement dont vous voulez vous défaire;
je m'en accommoderay.

—Je ne puis vous exprimer, luy dit un cousin,
combien je suis sensible à vôtre affliction, et
j'iray au prémier jour chez vous pour vous témoigner..... — Je déloge demain, dit brusquement nôtre homme, je prens une maison magnifique; vous la connoissez, c'est celle que ce
Banquier faisoit bâtir quand il fit banqueroute;
ses créanciers m'en accommodent. »

Un troisiéme consolateur vient encore à la
charge, et, la larme à l'œil, luy fait en longs
complimens l'Oraison funébre du défunt. « Ce
que j'estime le plus dans mon pére, continuë l'hé-
ritier, c'est qu'il ne m'a laissé aucunes dettes; si
vous sçaviez l'ordre admirable qu'il a mis à ses
affaires, et les grands biens que j'ay trouvez... —
Hé! corbleu, Monsieur, s'écrie un Misantrope

chagrin, vôtre pére mourut hier ; pleurés du moins aujourd'huy, vous vous réjouirez demain de sa succession.

— Bon, reprend un sournois, qui feint de vouloir l'excuser, son pére l'a assez affligé d'avoir vécu jusqu'à soixante et quinze ans ; on ne peut pas s'affliger devant et aprés la mort d'un homme ; d'ailleurs, c'étoit un Parâtre, un denaturé, qui n'a jamais fait plaisir qu'à luy-même : il plaignoit à ses enfans jusqu'à l'éducation, et je dirois volontiers pour Monsieur son fils : « Enfin, mon pere « est mort, et sa mort est le premier bien qu'il « m'ait fait de sa vie. »

Nôtre sot est charmé qu'on luy prouve qu'il a raison de se consoler. Le sournois malin l'engage insensiblement dans une conversation indifferente, puis ensuite dans une plus enjouée ; et luy qui ne rit jamais se met à rire par malice, pour obliger le fat à rire aussi. Il pousse enfin la chose jusqu'à luy faire chanter avec luy la contre partie d'un air à boire. Et, quand il est à l'endroit le plus gay, il s'arrête tout court, et le tire doucement par le bras : « Monsieur, luy dit-il d'un ton affligé, je vous demande pardon si j'ay violenté vôtre douleur pour vous faire chanter dans le triste équipage où vous voilà. » A ces mots, l'homme en deuïl baisse les yeux : il est si honteux de se surprendre en chantant, qu'il sort sans dire un seul mot, et même sans achever l'air à boire qu'il avait commencé.

Il y a long-temps qu'on a remarqué que la tendresse filiale n'est pas comparable à l'amour paternel. Il y a long-tems aussi qu'on en a trouvé avant moi; celles que je vais dire, originales ou non, les voicy :

Je suppose qu'un fils aime son pere selon toute l'étenduë des obligations qu'il lui peut avoir, et que le pere n'aime son fils que parce qu'il lui appartient; la tendresse paternelle l'emportera encore, car l'amour de proprieté est toûjours plus fort que l'amour de reconnoissance.

Un pere qui perd son fils perd un bien qui lui appartient, et le fils perd un maître à qui il appartenoit; vous sentez bien la difference de ces deux pertes.

Il y a peu de peres qui ayent obligation à leurs enfans, et nous devons tous au moins la vie à nos peres. Croiroit-on que ce fût une raison pour les moins aimer qu'ils ne nous aiment? Cette raison est bien injuste, elle est pourtant naturelle: nous n'aimons guere ceux à qui nous devons; nous aimons mieux ceux qui nous doivent, et l'on se console plus aisément de la mort d'un créancier que de celle d'un débiteur.

C'est cette nature injuste qui fait qu'un orphelin

se réjoüit de la mort d'un pere, qui se seroit affligé de le voir seulement indisposé.

Un pere regarde la vie d'un fils comme une
continuité de la sienne propre. Ce fils cesse-t-il
de vivre, le pere commence à sentir la mort.
Combien d'enfans au contraire ne commencent à
goûter la vie qu'aprés la mort de leurs peres!

La mort d'un jeune homme touche bien autre-
ment un vieillard que celle d'un vieillard ne touche un jeune homme; l'expérience l'apprend et
mille raisons le prouvent. Une des principales,
c'est la difference des réflexions que la mort fait
faire aux uns et aux autres.

Mon pere meurt à soixante et dix ans, dit en
luy-même cet homme qui n'en a que trente; j'ay
donc encore du moins quarante ans à vivre. En
calculant ainsi, on se flate, mais on se console.
Mon fils vient de mourir, il n'avoit que trente
ans, j'en ay soixante; j'ay beau me flater, je ne
vois rien de consolant dans ce calcul.

Selon l'ordre naturel, le pére doit finir avant
son fils. Si tous les enfants mouroient de douleur
à la mort de leur pére, le genre humain périroit
bien-tôt. N'est-ce point pour prévenir ce malheur que la nature a pris soin d'endurcir le cœur
des enfans?

Ce qui fait encore qu'un pére a plus de naturel que son fils, c'est qu'il est toûjours plus vieux

que luy ; les liens du sang se fortifient avec l'âge, à mesure que les passions s'affoiblissent et que leur nombre diminuë.

La rupture des liens du cœur est d'autant plus sensible qu'ils sont en plus petit nombre ; et l'on peut dire qu'à un certain âge un pere ne tient presque plus au monde que par ses enfans.

La nature nous fournit dans les arbres une image de l'ingratitude des enfans. Le tronc d'un arbre communique sa séve, c'est à dire, en terme de Jardinier, son amitié aux branches qui sortent de luy, et nous ne voyons point que la séve retourne des branches au tronc.

Quelques enfans ingrats vont conclure de là que l'ingratitude est donc fondée sur la nature. Qu'ils considerent dans ce même arbre que les branches ressentent bien plus vivement le mal qu'on fait à leur tige que la tige ne ressent celuy qu'on fait à ses branches. Un Poëte Italien ajoûteroit que l'amour filial des branches les fait expirer de douleur du même coup de cognée qui abat la tige, et que la tige denaturée reverdit souvent de joye après qu'on luy a coupé ses branches.

La contrarieté de ces deux comparaisons dans un même sujet me met en humeur de chercher quelques raisons pour prouver tout le contraire de ce que je viens d'établir. J'ay dit que les peres sont plus touchez de la mort de leurs enfans que les enfans de celle de leurs peres. Voicy quelques motifs de consolation pour ceux-cy et d'affliction pour les autres.

Tu vois dans ton fils celui qui te doit survivre : avertissement fatal, objet importun; cet objet disparoît : sujet de consolation.

Tu vois dans ton pere celuy à qui tu dois survivre ; en le voyant, tu raisonnes ainsi : « Je suis venu en ce monde trente ans après luy, je n'en dois sortir que trente ans après ; tant qu'il vivra, j'ay mes trente années franches. Par ce raisonnement, la vie du pére fait dans l'imagination du fils une espéce de rempart contre la mort; ce rempart tombe : sujet d'affliction.

Un fils est accoûtumé dès sa naissance à avoir un pere; il est attaché à luy par les préjugez de l'enfance. Est-il de plus forts liens et plus difficiles à rompre?

A l'égard du pere, il n'a commencé d'avoir des enfans que vers l'âge de raison; et cette raison a dû l'empêcher de s'attacher trop à une chose qu'il pouvoit perdre.

Un pere perd à la mort de son fils une personne qu'il aime; un fils perd en son pere une personne dont il est aimé; c'est perdre beaucoup davantage, puisque la perte est plus irreparable. Il est bien difficile de retrouver qui nous aime; il ne l'est pas tant de retrouver qui nous puissions aimer.

Ajoûtez à cela qu'un pere qui perd un fils peut esperer d'en avoir d'autres; mais, à parler juste, on ne peut avoir qu'un pere en sa vie.

Les reflexions commencent à m'ennuyer, rentrons dans le Cercle Bourgeois. J'y remarque qu'un faiseur de reflexions continuelles est un ennuyeux personnage; il ne vous donne pas le temps de respirer.

Ce jeune Magistrat a beaucoup d'esprit; mais il dogmatise pour se rendre plus vénérable. Il dit tout par maximes, jusqu'aux complimens; il veut être solide dans les conversations les plus enjouées, et ne badine que par sentences.

« C'est une chose admirable, luy dit une grosse réjouie, que vous sçachiez si bien faire le vieillard à trente-cinq-ans; vôtre voisine, qui en a cinquante, n'a pas si bonne grace à faire la jeune.

— Une vieille, répond nôtre jeune Doyen, une vieille qui travaille à se rajeunir, et qui veut revoir le païs du bel âge, y va plus loin qu'elle ne croit; en courant à la jeunesse, elle retombe dans l'enfance. »

A qui en veut cette Dame qui traverse l'assemblée sans regarder personne? Son habillement est plus que négligé, sa coëfure n'est qu'ébauchée; elle a les yeux batus et la voix éteinte; vous devinez bien que c'est une joûeuse; elle tire à part nôtre homme grave, pour luy emprunter vingt Louïs d'or qu'elle luy demande tout bas. « Oüy dea, répond-il tout haut, afin qu'on l'entende, ma bourse est à vôtre service ; mais considerez à quelles extrêmitez le jeu... — Hé ! donnez vîte, interrompt la Joueuse, on m'attend. — Faites reflexion, continuë-t-il en cherchant sa bourse, que vous étiez, il y a six mois, la plus charmante personne du monde. La reconnoissez-vous, Mesdames, depuis qu'elle s'est abandonnée au désordre du Lansquenet ? Hélas ! si une femme possedée du jeu oublie de se parer et de conserver sa beauté, que n'oublieroit-elle point dans l'occasion ? »

La Joueuse avale cette avanie, dans l'esperance des vingt Louïs d'or. Le precheur indiscret les tire de sa bourse, en continuant de moraliser avec une telle application que la Jouëuse a pris la bourse, couru au Lansquenet, et perdu l'argent, avant qu'il ait achevé de prouver qu'elle ne devroit point jouër.

Mais il n'est pas temps de s'impatienter, il ne fait encore que commencer son sermon ; la Joueuse vient de luy fournir un texte, il va diviser en trois points la conversation. Que je plains deux ou trois femmes dont il s'est fait un auditoire ! Elles voudroient bien le laisser parler tout seul ; mais elles ont des procès, elles iront bien-tôt le fatiguer par leurs sollicitations ; il est bien juste qu'elles se laissent ennuyer par ses réflexions.

Réjouïssez-vous, Mesdames, je vois venir un jeune Cavalier de ceux que vous appellez de jolis hommes ; celui-ci est des mieux tournez. Il attire déja vos regards ; je prévois que vous l'écouterez plus volontiers que le Senateur, que son arrivée à interrompu ; ses discours seront moins chargez de morale.

A peine l'aimable Cavalier a-t-il paru, qu'il est entouré de toutes les femmes du Cercle ; les unes le connoissent, les autres ont envie de le connoître ; toutes enfin s'empressent de l'approcher.

« Quelle fureur ! » s'écrie mon Siamois......

Ici je m'arrête tout court pour répondre à un Critique qui me demande d'où vient presentement ce Siamois et dequoy je m'avise de le faire parler icy. Franchement, je ne me souviens pas bien moy-même où je l'ay laissé ; j'ay dû le placer à quelque coin de mon Cercle Bourgeois, pour être spectateur de tout ce qui s'y passe. J'ay tort de vous l'avoir fait perdre de vûë ; et, puisque j'avois commencé de voyager avec luy, il eût été plus regulier de l'avoir toûjours à mes côtez. Mais qui sçait si cette regularité ne vous eût point ennuyé ? J'aime mieux encore que mes Amusemens soient irréguliers qu'ennuyeux.

D'ailleurs, en commençant ce Livre, j'ay fait mes conventions. Souvenez-vous-en, ne suis-je pas convenu avec moy-même que je ne suivrois exactement ni le voyage ni le Siamois? Je finiray donc comme j'ay commencé, sans me gêner, ni dans le dessein, ni dans les sujets, ni dans le stile; en un mot, je me mets audessus de tout, excepté du bon sens.

C'est donc seulement parce qu'il m'en prend envie que je quitte la digression, pour sçavoir du Siamois pourquoy il s'est tant récrié en voyant un troupeau de femmes s'ameuter autour d'un bel homme (ce sont ses termes).

« N'ay-je pas raison de m'étonner, continuë-t-il? La plûpart de ces femmes me paroissent modestes dans leur maintien, sages dans leurs paroles ; je croy voir en elles une raison solide. Une mouche les pique, les voilà au champs ; la vûë d'un jeune homme les met hors des gons. Est-ce donc ainsi que l'amour......? »

Doucement, mon cher compagnon, doucement.

Il ne faut pas attribuer à l'amour toutes les fautes que les femmes commettent contre la modestie et contre la bienséance ; je connois en elles une passion presque aussi forte, et d'autant plus dangereuse qu'elles peuvent s'y abandonner sans honte : cette passion c'est la curiosité.

Ce n'est pas amour, par exemple, c'est curiosité pure, que cet empressement pour le Cavalier
qui vient d'entrer : premierement, curiosité de
voir de près son habit ; c'est un habit d'invention,
tout couvert d'une broderie imaginée et médi-
tée à fond ; le dessein leur plaist, il est bizarre,
extravagant et raisonné ; pour en étudier l'effet,
le Cavalier s'est enfermé cinq ou six matinées
avec son Brodeur. Ce chef-d'œuvre de génie
mérite bien toute l'attention des Dames.

Autre motif de curiosité pour elles : ce joli
homme a la vogue depuis peu ; c'est la dernière
mode, et il n'est permis qu'aux Provinciales de
ne le point connoître.

« Fort bien, me dit le Siamois, on m'a déja
fait comprendre combien vos Parisiennes sont
scrupuleuses sur les modes ; elles auroient honte
de porter un habit de l'an passé ; selon la regle
des modes, ce joli homme leur paroîtra bien laid
l'année qui vient.

«Mais je leur pardonne de suivre l'usage du païs;
je suis fâché d'avoir mal interprété leur curiosité ;
je ne jugeray plus du cœur des femmes par leurs
démarches.

«A l'égard de vôtre joly homme, la curiosité me
prend aussi de sçavoir si son esprit répond à sa
figure ; mais il n'a point encore parlé, commen-
cera-t-il bientôt ? — Les Dames qui l'environnent,

dis-je à mon curieux, ont autant d'impatience que vous de l'entendre parler, écoutons. »

Elles luy adressent toutes la parole ; que répond-il ? tantôt oüy, tantôt non, et tantôt rien. Il parle à l'une des yeux, à l'autre de la tête, et soûrit à celle là d'un air si mistérieux, qu'on croit qu'il y entend finesse ; on devine qu'il a tout l'esprit du monde ; sa phisionomie parle, son air persuade, mais sa représentation fait toute son éloquence ; si-tôt qu'il s'est montré, il a tout dit.

C'est dommage que la nature n'ait pas achevé son ouvrage ; pour peu qu'elle eût joint d'esprit à un extérieur si prévenant, on lui eût passé mille balivernes pour un bon mot.

Mais nos Dames commencent à se lasser d'entretenir une idole ; chacune prend le parti d'aller parler à quelqu'un qui luy réponde. Le Cavalier va dans la chambre voisine, ne pensant qu'à étaler ses charmes ; mais il est frapé d'abord de ceux d'une jeune femme, il l'assiége des yeux, il la minaude, il l'aborde enfin.

Cette Dame est fort réservée ; mais, tout charmant que luy paroisse le Cavalier, son abord ne l'alarme point, et c'est encore la curiosité qui l'expose avec luy au péril d'un tête-à-tête. Elle se dispose donc à écouter l'Avanturier. Voyons comment il se tirera d'affaire avec elle.

Il doit être fort embarrassé auprès de cette

femme; elle a beaucoup d'esprit, elle ne se payera pas de mines. Cependant nous en voyons des plus spirituelles qui ne méprisent pas un bel extérieur; aussi nôtre joly homme se promet-il bien qu'en persuadant qu'il aime, il persuadera facilement qu'on le doit aimer. Il met en usage les tours d'éloquence les plus fins et les expressions les plus touchantes du langage muet; c'est sa langue naturelle, il la parle bien; mais la belle Dame l'entend mal. Que fera-t-il donc pour s'expliquer clairement? Il a au doigt un diamant d'un grand prix; il faut trouver une maniére galante de l'offrir. Il prend un air enjoué et badin, qui lui donne lieu de poser sa main dans toutes les atitudes qui peuvent faire briller son diamant aux yeux de l'indifférente. Il l'éblouït, elle tourne la tête d'un autre côté, ce badinage l'importune; c'est pourtant l'unique ressource du sot. Il est fort étonné de trouver une femme à l'épreuve d'un homme comme lui et d'un diamant comme le sien; c'est une insensible, c'est une cruelle.

Dans le moment qu'il desespere de son entreprise, cette cruelle, cette insensible lui saisit brusquement la main pour voir de près le diamant dont elle détournoit d'abord les yeux. Quel changement de fortune pour un amant rebuté! Il reprend courage, et, pour faire une déclaration en abregé, il tire la bague de son doigt et la présente. On la prend, et, afin de la mieux considérer, on redouble d'attention. Il redouble d'esperance et de hardiesse ; il croit être en droit de baiser une main qui reçoit son diamant. La Dame est si attentive à le regarder qu'elle ne pense point à se fâcher; au contraire, elle soûrit, et, sans autre cérémonie, met la bague à son doigt.

C'est à présent que la conquête est assurée; l'amant, transporté de joye, propose l'heure et le lieu du rendez-vous. « Monsieur, lui dit alors la Dame d'un grand sang froid, je suis charmée de ce diamant; et, ce qui fait que je l'ay accepté sans scrupule, c'est qu'il m'appartient. Ouy, Monsieur, le diamant est à moy ; mon mary le prit sur ma toillette il y a trois mois, et me fit croire ensuite qu'il l'avoit perdu.

— Cela ne peut être, repliqua le fat, c'est une Marquise qui me l'a troqué.

— Justement, continuë la femme, mon mari connoît cette Marquise; il lui a troqué mon diamant, la Marquise vous l'a troqué, et moy je vous le prens pour rien, quoique mon mari méritât bien que je fusse d'humeur à en donner le même prix qu'il en a reçû de la Marquise. »

A ce coup imprévû, le joly homme demeure interdit et confus; c'est en cette occasion que je luy pardonne d'être muët, un homme d'esprit le seroit à moins.

Après le dénouëment de cette scéne, on entend du bruit dans l'antichambre; c'est un pauvre valet qui voit entrer un homme tout doré. « Hé, bon jour, lui dit le valet, bon jour, mon ancien Camarade. — Tu en as menti », replique l'autre avec un souflet. Sotise des deux parts; le valet ne pense pas à ce qu'il est, ni l'autre à ce qu'il a été; la pauvreté ôte le jugement, et les richesses font perdre la mémoire.

Cet homme qui s'offense de la familiarité d'un valet familiarise avec un Duc et Pair. Quelle distance de luy au Duc! Mais entre luy et le valet, je ne vois que le temps et l'argent.

Vous vous étonnez qu'il le méconnoisse depuis peu; il étoit, dites-vous, si modeste dans les prémiers tems de sa fortune. D'accord, il eût été le premier à vous dépeindre l'état naturel de sa misere passée et les miracles de sa prosperité subite. Tout cela frapoit encore les yeux du monde, et il se faisoit un merite d'en parler, pour fermer la bouche à ceux qui en parloient avant lui; ont-ils commencé à se taire, il s'est teu. A mesure que les autres oublient la bassesse de nôtre origine, nous l'oublions aussi; mais, par malheur, les autres s'en ressouviennent de temps en temps, et, quand nous avons une fois commencé à nous oublier, c'est pour toûjours.

Ce grand Seigneur fut toûjours élevé en grand Seigneur ; son ame est aussi noble que son sang, je l'estime sans l'admirer ; mais celui qui par ses vertus s'éléve au dessus de son sang et de son éducation, je l'estime et je l'admire.

Toy donc de qui les vertus égalent la fortune, pourquoy cacherois-tu un défaut de naissance qui releve l'éclat de ton mérite ?

Et toy qui n'as d'autre mérite que d'avoir fait fortune, fais-nous voir toute la bassesse du passé, nous n'en sentirons que mieux le mérite de ton élevation où ils ont été ; mais ceux qui se sont une fois élevez ne peuvent plus regarder en bas.

Cependant il seroit salutaire à ceux-cy de bien envisager leur premiére bassesse, pour tâcher de n'y plus retomber ; et ce seroit un bien pour les autres de perdre de vûë une élévation qui leur fait mieux sentir la grandeur de leur chute.

Voilà, dit-on, un homme qui fait si fort le grand Seigneur qu'il semble qu'il n'ait jamais été autre chose. Hé ! c'est souvent parce qu'il le fait trop qu'on s'apperçoit qu'il ne l'a pas toûjours été.

Pendant que j'ai fait mes reflexions, mon Siamois a fait aussi les siennes ; il s'étonne moins de l'homme doré qui se méconnoît que de l'assemblée qui semble le méconnoître aussi.

On luy fait un accuëil de Prince ; ce ne sont pas des civilitez, ce sont des adorations.

« Hé ! n'êtes vous pas contens, s'écrie nôtre Siamois, n'êtes-vous pas contens d'idolâtrer les richesses qui vous sont utiles ? Faut-il encore idolâtrer un riche qui ne vous sera jamais d'aucun secours ?

« J'avouë, continuë-t-il, que je ne puis revenir de mon étonnement ; je vois entrer dans vôtre Cercle un autre homme d'une bonne phisionomie, on ne fait nulle attention sur son arrivée. Il s'est assis, il a parlé, et parlé même de tres-bon sens ; cependant personne ne l'a écouté, et j'ay pris garde qu'insensiblement chacun défiloit d'un autre côté, en sorte qu'il est resté seul à son bout.

« Pourquoy le fuit-on ainsi, ai-je dit en moi même, a-t-il la peste ?

« Dans l'instant j'ay remarqué que tous ces déserteurs se rangeoient auprès de l'homme doré qu'on cherit tant ; j'ay compris par là que la contagion de celuy-cy c'est la pauvreté.

« O Dieux ! s'ecrie le Siamois entrant tout à coup dans un entousiasme semblable à celui où vous l'avez vû dans sa letre, ô Dieux ! transportez-moy vîte hors d'un païs où l'on ferme l'oreille aux sentences du pauvre pour écouter les sotises du riche! Il semble qu'on refuse à ce vertueux malvêtu sa place entre les hommes, pendant qu'on met ce riche sot au rang des Dieux. En voyant cela, j'aurois presque envie de pardonner à ceux qui s'enflent de leur prospérité : celuy-cy fut autrefois moins qu'homme parmi vous, vous en faites à présent une Divinité. Ah! si la tête tourne à ce nouveau Dieu, il s'en faut prendre à ceux qui l'encensent.

« Il y a parmi nous, continuë-t-il, des peuples qui adorent un certain oiseau à cause de la richesse de son plumage. Pour justifier la folie où leurs yeux les ont engagez, ils se sont persuadez que cet animal superbe a en luy quelque esprit divin qui l'anime; leur erreur est encore plus tolérable que la vôtre, car enfin cet animal est muët; mais s'il pouvoit parler, ainsi que vôtre homme doré, ils reconnoîtroient que ce n'est qu'une bête, et cesseroient peut-être de l'adorer. »

L'entousiasme eût mené trop loin vôtre Voyageur sincére; pour l'obliger à ne plus parler, je lui fis remarquer un personnage du Cercle, qui mérite bien qu'on léve le voile dont il se couvre pour attirer la confiance des sots.

Examinez-le bien, ce serieux extravagant. Sa marote, c'est la probité, marote aimable si son cœur en étoit attaqué, mais il n'en est frapé qu'à la tête.

On ne s'est point encore apperçu qu'il fût ni voleur, ni faussaire; sur cette confiance, il se met à la tête de tous les gens de bien.

Il éxige une foy aveugle pour ce qu'il dit; écoutez-le comme la vérité même. Affirme-t-il que ce roturier est noble, on n'ose plus luy demander ses titres.

Bien plus, il veut être crû sur les choses d'opinion comme sur les choses de fait.

Hier deux Astronômes, bons amis d'ailleurs, mais ennemis mortels dans la dispute, en étoient déjà aux injures; l'homme de probité arriva, et, ne doutant point qu'un seul mot de sa bouche ne dût établir la paix entre eux : « Fiez-vous à moy, dit-il au plus enporté; en homme d'honneur, ce n'est point le monde qui tourne, c'est le Soleil. »

S'il fait quelque affaire, il prétend que son mot soit un Arrest dont on ne puisse appeller sans injustice. Il s'offense qu'on songe seulement à prendre avec luy les sûretez ordinaires. On doit sçavoir que sa promesse verbale vaut mille Contracts. Il eût volontiers exigé des parens de sa femme qu'ils la lui eussent donné en mariage sur sa parole.

Il se pique d'être toûjours exactement vray

dans ses expressions. Selon luy, l'exageration
est un mensonge horrible; et c'est trahir la vérité que de s'exprimer foiblement dans les choses
mêmes qu'on devroit taire. Où trouverons-nous
donc un modele de cette exactitude impenetra-
ble? Vous le trouverez en lui seul: « Pesez bien,
vous dira-t-il, la force de mes paroles. Vous de-
vez croire simplement ce que je vous dis, rien de
moins, ni rien au delà. » En une occasion seule
il vous permettoit d'ajouter, c'est quand il fait
son propre éloge, et il le fait à tout propos.

Sur quelque sujet que roule la conversation, il
s'y jette à bon sens perdu pour faire l'étalage de
ses vertus.

Une femme, par exemple, après avoir bien
prouvé qu'il n'y a plus dans nos jeunes gens ni
galanterie, ni sincérité, s'écriera plaisamment :
« Ah! j'ay tort, Messieurs, j'ay tort, il y a encore
de la sincérité parmi les hommes : ils disent tout
ce qu'ils pensent des femmes! »

A propos de cette espéce de sincérité, nôtre
homme croit pouvoir mettre sur le tapis celles
dont il se pique: « Chacun a ses défauts particuliers, dit-il, mais tout le monde a celuy de la dissimulation ; mon défaut à moy, c'est d'étre trop
sincére. »

On tombe sur une autre matiere : « Il y a des
riches si durs, dira un homme ruiné, qu'il entre

de la dureté dans leur compassion même; s'ils regardent le malheur d'autruy, c'est pour mieux goûter leur bonheur propre.

— Quel excés de dureté, s'écrie l'homme d'honneur; à mon égard je tombe dans un excés tout opposé : je m'attendris d'un rien, je suis trop bon, c'est encore un défaut dont je ne me corrigeray jamais. »

Un autre enfin, qui dans la suite d'un récit prononce par occasion le mot d'avarice, se voit interrompu par le personnage, qui declare net que la libéralité est son vice.

« Ah! Monsieur, dit froidement l'homme interrompu, vous avez là de grands vices : sincerité, bonté, libéralité; l'excès de modestie qui vous fait avouër ces vices fait comprendre que vous avez toutes les vertus contraires. »

Voilà, ce me semble, rompre en visiere à l'homme d'honneur; c'est tirer sur lui à brûle pourpoint; il devroit être cruellement blessé. Cependant il n'a pas seulement senti le coup; il s'est fait un calus de vanité qui le rend invulnerable; il prend tout en bonne part. Dites lui d'un ton ironique : « O le grand Heros de probité!» il croit la chose à la lettre; déclarez lui tout net que vous le connoissez pour un franc scelerat, c'est une ironie, vous plaisantez, et il entend raillerie.

Les railleurs ont beau jeu, comme vous voiez, avec un esprit si bien tourné; cette humeur commode met toute l'assemblée en goût de raillerie. Quel régal pour les diseurs de bons mots! ils peuvent là se rendre intelligibles à tous, hors à celui qu'ils drapent. Cependant leur malignité n'est pas encore contente, le plaisir seroit de le piquer au vif pour confondre sa vanité; ils se hasardent à l'ataquer en face. Vous n'y gagnerez rien, vanité est un mur d'airain, tous vos traits s'émoussent, et vôtre venin ne fait que blanchir. C'est pourtant dommage de perdre le fruit d'une raillerie si mordante.

Mais je m'aperçois qu'il n'y aura rien de perdu. Voici un esprit de travers, qui prend pour lui tout ce qu'on a dit pour l'autre : il rougit, il pâlit, il perd contenance, il déserte enfin, et sort en menaçant des yeux toute l'assemblée.

Que juge-t'on de cette levée de boucliers? Tout le pis qu'on peut; c'est l'esprit du monde. « S'il n'avoit que la tête mal saine, dit-on, il n'auroit pas été si sensible; mais aparemment sa conscience est si ulcerée qu'on ne peut toucher aucune corde qui ne réponde à quelque endroit douloureux; en un mot, tout le blesse, parce qu'il est capable de tout. »

Voilà deux caracteres qui paroissent fort oposez; cependant il seroit aisé de prouver qu'ils ont tous deux le même fond. Quel est ce fond? Devinez-le si vous pouvez : un mot ne suffiroit pas pour vous l'expliquer nettement, et je n'ai pas le loisir d'en dire davantage. J'entens venir un homme qui m'est connu ; il m'interromproit sans misericorde, j'aime autant le prevenir et me taire.

Silence, silence, et tenez-vous dans le respect ; vous alez voir paroître un de ces grands Seigneurs qui croient que tout leur est dû, et qui doivent à tout le monde. Sa voix bruïante se fait entendre du bas de l'escalier. On vient l'annoncer, et chacun prend son serieux lors qu'il entre avec un air riant et un visage ouvert, qu'il referme tout à coup, apercevant son ennemi ; il lui sourit neanmoins par politique, et lui fait mille protestations d'amitié ; mais, en ofrant ses services, il pâlit comme un Gascon qui ofre sa bourse.

A peine est-il assis, qu'il s'empare de la conversation, parle en même tems à quatre personnes de quatre afaires diferentes, interroge l'un sans atendre la réponse de l'autre, propose une question, la traite et la résout tout seul ; il ne se lasse point de parler, on se lasse de l'entendre, chacun s'écoule. Et voila le Cercle fini.

Le Siamois me demande si nôtre Voiage l'est aussi. « A peine est-il commencé, lui dis-je, vous n'avez encore fait que la premiere journée.

— J'y renonce donc, réprend t'il brusquement : car, avant que j'aie fait toutes mes reflexions sur ce que j'ai vû dans cette premiere journée, je serai trop vieux pour en faire une seconde.

— Vous avez raison, lui dis-je, la vie de l'homme est trop courte pour bien connoître un seul homme. »

Il faudroit vivre au moins un siecle pour connoitre un peu le monde, et en revivre encore plusieurs pour savoir profiter de cette connoissance.

Nous sommes trop curieux de savoir ce que le monde fait, et pas assez d'aprendre ce qu'il devroit faire ; c'est pour cela qu'on voit tant de gens qui savent comme on vit, et fort peu qui sachent vivre.

Le mot de Savoir vivre renferme, ce me semble, toute la sagesse humaine ; cependant l'usage a bien afoibli cette expression. On apelle un homme qui sait vivre celui qui ne manque point de politesse ; on s'informe peu s'il manque de probité.

Une autre expression dont on abuse encore, c'est celle de *Connoissance du monde*. Tel passe pour connoître le monde, qui n'a la tête pleine que de faits : un tel mourut hier, il avoit été ceci, il avoit été cela ; il laisse douze cens mille livres ; on parle de marier son heritiere à un

Seigneur malaisé. Telle et telle chose est arrivée.
Enfin, celui qui sait le mieux toutes les minucies
d'une histoire du tems s'atire de l'atention et
de l'estime ; c'est un genie superieur, une bonne
tête qui connoît le monde. Et si vous vous avisiez de faire une reflexion solide sur ces évene-
mens, on diroit-de vous : C'est un parleur en-
nuieux, qui ne connoît pas le monde.

On permet pourtant les reflexions satiriques ;
mais on ne reçoit point celles qui instruisent,
on n'écoute que celles qui mordent.

De tout ceci le Siamois conclut que la vie des
François se passe à s'examiner et à se moquer
les uns des autres ; et j'en conclus moi, par raport à mon sujet, que le plus grand et le plus
ordinaire de tous les Amusemens, c'est celui
que le public donne aux particuliers et que les
particuliers donnent au public.

Le public est un grand spectacle toujours
nouveau, qui s'offre aux yeux des particuliers et
les amuse.

Ces particuliers sont autant de petits spectacles diversifiez qui se presentent à la vuë du
public, et le divertissent.

J'ai déja fait voir en racourci quelques uns de
ces petits spectacles particuliers, nôtre Voïageur
exige encore de moi que je lui dise un mot du
public.

AMUSEMENT DOUZIEME

ET DERNIER.

LE PUBLIC.

E public est un souverain duquel ré-
levent tous ceux qui travaillent pour
la réputation ou pour le gain.

Ces ames basses qui ne se mettent
guere en peine de mériter son aprobation crai-
gnent au moins sa haine et son mépris.

Le droit qu'il a de juger de tout a bien pro-
duit des vertus et bien étoufé des crimes.

Sans la crainte de ses jugemens, que de Heros,
que de Guerriers pacifiques ! combien peu de
vertueux se seroient fait aimer ! que de scelerats
se seroient fait craindre !

Les exortations des peres, le naturel des enfans, l'amour des maris, la vertu des femmes,
tout cela auroit bien peu de force sans le Qu'en
dira-t-on du public, qui retient chacun dans son
devoir.

Tout le monde fait sa cour au public : les ambitieux briguent sa faveur et les honnêtes gens
son aprobation ; les coquetes veulent s'atirer ses
regards et les femmes de bien son estime ; les
grands recherchent son amitié, les petits n'en
veulent qu'à son argent.

Le public a l'esprit juste, solide et pene-
trant ; cependant, comme il n'est composé que
d'hommes, il y a souvent de l'homme dans ses
jugemens.

Il se laisse prevenir comme un simple particulier, et nous prévient ensuite par l'ascendant
qu'il a pris sur nous depuis tant de siecles.

On a beaucoup de veneration pour ses jugemens, car on sait que c'est un Juge insensible à
l'interêt et aux solicitations.

Il y a tel particulier qui vit et meurt dans ses
préventions ; mais, comme le public ne meurt
point, il revient infailliblement des siennes ; quelquefois, par malheur, il en revient un peu tard.
Si nous vivions deux ou trois siecles, chacun
jouïroit à la fin de la réputation qu'il merite.

Cela ne seroit pourtant pas sur, car ce public

est si malin qu'il rend moins volontiers justice aux vivans qu'aux morts , et que souvent il n'éleve les morts que pour rabaisser les vivans.

Le public est un vrai Misantrope ; il n'est ni complaisant ni flateur : aussi ne cherche-t-il point à être flaté. Il court en foule aux Assemblées ou on lui dit ses veritez, et chacun des particuliers qui composent ce tout aime encore mieux se voir draper que de se priver du plaisir de voir draper les autres.

Le public est le plus severe et le plus fin critique du monde ; cependant un Vaudeville grossier suffit pour l'amuser toute une année.

Il est constant et inconstant. On peut dire que depuis le commencement des siecles l'esprit public n'a point changé ; voilà sa constance, mais il est amateur de la nouveauté ; il change tous les jours de façons d'agir, de langage et de modes : rien n'est plus inconstant.

Il est si grave qu'il imprime la crainte à ceux qui lui parlent, et si badin qu'une coëfure de travers fera rire tout un auditoire.

Le public est servi par les plus grands Seigneurs ; quelle grandeur ! mais il dépend de ceux qui le servent, qu'il est petit !

Le public est, pour ainsi dire, toujours en age viril par la solidité de sa raison.

C'est un enfant que le moindre jouët fait courir comme un écervelé; c'est un vieillard qui radote quelquefois en murmurant, sans savoir à qui il en veut, et qu'on ne peut faire taire quand il a une fois commencé à parler.

On ne finiroit point à chercher des contrarietez dans le public, puisqu'il a en lui toutes les vertus et tous les vices, toute la force et toute la foiblesse humaine.

Qu'il est heureux, ce public! Les Rois lui font batir de superbes édifices et lui laissent de beaux monumens, afin qu'il se souvienne d'eux. Tous les Historiens travaillent à son Histoire; c'est pour lui qu'on laboure, qu'on séme et qu'on recueille; c'est pour lui chercher des commoditez qu'on aprofondit les beaux Arts. Combien d'honnêtes gens abrégent leurs jours pour lui fournir de beaux exemples et de savantes instructions ! Combien de Poëtes et de Musiciens se creusent le cerveau pour le réjouïr ! En un mot, on sacrifie à son utilité la vie et les biens de chaque particulier. Voilà un bonheur sérieusement établi; mais quelque Comique vous dira que le public ne peut être heureux, puisqu'on lui empoisonne son vin, et que toutes ses maîtresses sont infidéles.

Reprenons le serieux, pour considerer la veritable grandeur du public. C'est de lui qu'on voit sortir tout ce qu'il y a de plus considerable dans le monde : des Souverains pour gouverner les Provinces, des Intendans pour les regler, des Guerriers pour combatre, et des Heros pour conquerir.

Aprés que ces Gouverneurs, ces Magistrats, ces Guerriers et ces Heros se sont ainsi glorieusement répandus de toutes parts, ils viennent tous se rassembler à la Cour. Là, l'intrépidité tremble, la fierté s'adoucit, la gravité s'umanise, et la puissance disparoît.

Là, ceux qui se distinguoient comme autant de Souverains, venant à se confondre parmi la foule des Courtisans, deviennent Courtisans eux-mêmes, et, aprés s'être atiré les regards de tous, ils se contentent d'être regardez d'un seul.

Comme ses regards relevent l'éclat des plus belles actions, chacun est jaloux de celui qui se les atire; mais chacun ne laisse pas de caresser celui dont il est jaloux.

C'est ainsi que le merite qu'ils se connoissent reciproquement, et qui paroît l'unique lien de leur amitié, est souvent le principe secret de leur haine.

Il est de belles ames qui s'afranchissent de ces foiblesses vulgaires, et les veritables Heros n'ont pas plus de peine à voir la gloire des autres qu'à partager avec eux la lumiere du Soleil.

Je conviens, dit mon Siamois en me disant adieu, que la France fournit quelques-uns de ces Heros parfaits, et leur reputation est venuë jusques en mon païs ; mais c'est pour voir encore quelque chose de plus grand que j'ai entrepris ce voïage ; et voici le raisonnement que j'ai fait en traversant les mers : la France est pleine d'hommes illustres qui ne s'entraiment guére ; il y a aussi quelques vrais Heros qui s'entre-estiment sincerement ; mais les uns et les autres s'acordent tous pour en reverer et en admirer un seul : il faut que ce soit un grand homme.

TABLE DES MATIERES

ou

RECAPITULATION DES PENSÉES PRINCIPALES
CONTENUES DANS CET OUVRAGE.

*Cette Table ne peut être utile qu'à ceux qui auront déja lû
les Entretiens ou Amusemens, et qui, voulant revoir quelque endroit, n'ont besoin que de quelques mots pour leur en
rapeller l'idée.*

*A l'égard de ceux qui n'auront aucune idée de l'Ouvrage,
ils auront aussi-tôt fait de lire le livre entier que l'extrait
le plus abregé qu'on leur en pourroit faire.*

*Il faut remarquer que cette Table suit l'ordre des pages
du Livre, qui sont toutes chiffrées de suite.*

AMUSEMENT PREMIER.

AMUSEMENT SECOND.

AMUSEMENT TROISIEME.

Paris.

AMUSEMENT QUATRIEME.

Le Palais.

AMUSEMENT CINQUIEME.

AMUSEMENT SIXIEME.

Le païs des promenades.

AMUSEMENT SEPTIEME.

AMUSEMENT HUITIEME.

L'Université.

AMUSEMENT NEUVIEME.

La Faculté.

AMUSEMENT DIXIEME.

Le Jeu.

AMUSEMENT ONZIEME.

AMUSEMENT DOUZIEME

ET DERNIER.

OCCVPAT PORTVM
JOUAUST
IMPRIMEUR
RUE St
HONORÉ
338